Spülwasserblond

Felicitas Rieder

Spülwasserblond

Für Claudia und Kerstin –
schön, dass es euch gibt!

Bibliographische Information der Deutschen Nationalbibliothek:
Die Deutsche Nationalbibliothek verzeichnet diese Publikation in der
Deutschen Nationalbibliografie; detaillierte bibliografische Daten sind im
Internet über http://dnb.d-nb.de abrufbar.

© 2011 Felicitas Rieder
Herstellung und Verlag:
Books on Demand GmbH, Norderstedt
www.bod.de
Umschlagfotos: Svenja Hanusch, Hattingen
ISBN: 978-3-8423-4846-2

Im Sahneschnittchen

Als ich im Sahneschnittchen ankam, saß Iris schon in unserem Erker hinter der großen Palme und rührte in ihrer Schokolade. Sie schob mir die dampfende Tasse hin und sah mich prüfend an: „Die brauchst du wohl dringender als ich, hm? Warte, ich hole uns eben zwei Stück Hauskuchen und bestelle mir schnell eine neue Schokolade. Bin gleich wieder da."

Gut, dass Iris immer für mich da war, wenn ich mit Anders Probleme hatte! Sie kam schon zurück und hatte vorsorglich einen Stapel geblümter Servietten mitgebracht.

„Er hat mir abgesagt! Für heute Abend!" heulte ich los. „Dabei hatte ich alles so schön geplant!" Schluchzend wühlte ich nach meinen Taschentüchern. „Wo doch heute unser Jahrestag ist! Aber er meinte, wir würden uns doch am Wochenende eh sehen!" Ich schnaufte in eine Serviette mit blauen Kornblumen.

Herr Kannenbäcker kam mit federnden Schritten und unserem Kuchen. Sein rosiges Gesicht wurde vor Verlegenheit noch rosiger, als er mich weinen sah. Hastig stellte er unsere beiden Teller ab und eilte wieder davon.

„Was hat Anders denn so wichtiges?" fragte Iris. „Na, dreimal darfst du raten!" fauchte ich. „Es ist mal wieder wegen Armanie!" Anders ist mein Freund und Armanie seine beste Freundin. Sie ist ebenso elegant und niedlich wie ihr Vorname und ich schätze sie ebenso sehr wie einen Pickel auf der Nase. Wie Armanie mich findet, weiß ich nicht; denn genau genommen nimmt sie mich selten zur Kenntnis.

Iris sah mich abwartend an. Ich tupfte mein Gesicht ab und rollte die Serviette zu einer festen Wurst. „Die dumme Kuh ist gefrustet wegen diesem Schönling, in den sie verliebt ist und hat sich zum Trost einen Ikea-Tisch gekauft und..."

„Und den soll Anders ihr jetzt aufbauen?" Iris prustete in ihre Schokolade. „Kann Armanie denn nicht lesen? Selbst meine Oma hat ihren Ikea-Tisch selbst aufgebaut!" Ich zerzupfte wütend die Serviettenwurst.
„Für Ikea-Anleitungen muss man nicht mal lesen können! Armanie braucht aber moralischen Beistand", giftete ich und rollte die Schnipsel zu kleinen Kugeln. „Es ist doch wirklich zum Kotzen! Ich hatte mich so auf einen schönen Abend gefreut!" Erbittert sah ich Iris an und hackte mit meiner Gabel nach meinem Marmorkuchen. Iris hielt mir eine neue Serviette hin. „Wisch mal ab", sagte sie, „du siehst aus wie Marilyn Manson." Ich wischte mir die Wimperntusche ab. „Ich weiß gar nicht, weshalb ich mich überhaupt aufrege. Hätte ich mir eigentlich denken können, dass er mich versetzt!" Klirrend knallte meine Gabel auf den Teller. „Wann haben wir das letzte Mal einen schönen Abend zusammen gehabt, he?" Es war mit ihm eben immer das gleiche, sonst würde ich mich ja nicht so aufregen. Als Armanie das erste Mal ein Problemchen hatte und mein Liebster mir deswegen einen Korb gab („Du verstehst das sicher!"), ließ ich ihn gerührt gehen und hängte mich sogleich ans Telefon, um Iris zu berichten, was für ein mitfühlendes, großartiges Exemplar Mann ich mir da an Land gezogen hatte - immer für seine Freunde da, der Retter in der Not, so in etwa. So allmählich lassen mich Armanies Nöte aber reichlich kalt und bestimmt war es Iris auch so langsam leid, sich ständig mein Gejammer anzuhören. „Tut mir leid, dass ich dich schon wieder deswegen nerve", sagte ich etwas schuldbewusst und griff verlegen nach einer neuen Serviette. „Bestimmt kannst du es nicht mehr hören."
Iris lachte und kniff in meinen Arm. „Jetzt mach dich mal nicht so klein. Ich will dir jetzt mal was sagen. So sehr ich dir ja einen schönen Abend mit Anders gegönnt hätte - aber weißt du, was du ebenso nötig hast? – Einen schönen Abend

ohne Anders! Und deswegen gehen *wir* einfach heute Abend schick essen. In diesen Nobelladen wollte ich immer schon." Sie nippte zufrieden an ihrer Sahne und nahm mir den Serviettenfetzen aus der Hand. „Und jetzt zieh nicht so ein langes Gesicht. Mach dir einen schönen Tag und pfeif auf Anders!" Ich würde es ja gern. Aber ich pfiff eben nicht auf ihn, er war mir nun einmal nicht egal. Er war mein Freund, Geliebter und gab mir Sicherheit. Außerdem hatte er ja auch seine guten Seiten. So war es ja nun auch wieder nicht.

Luxus-Restaurant

Ich bin dann gar nicht erst nach Hause gefahren. Nachdem ich mich eine halbe Stunde durch Iris' Kleiderschrank gearbeitet und bestimmt die Hälfte ihrer Sachen anprobiert, aber an mir nicht wirklich vorteilhaft gefunden hatte, wählte ich für mich eine schicke schwarze Hose und einen Traum von einem Oberteil aus. Ich betrachtete mich in dem großen Spiegel. „Wo hast du das Top eigentlich her?" fragte ich, „ich glaube, genau so was fehlt mir noch in meiner Sammlung. Wann gehen wir das nächste Mal einkaufen?" „Also frühestens im nächsten Monat – ich bin etwas knapp bei Kasse im Moment. Aber wenn du willst, leih ich dir das – steht dir übrigens gut!" Iris begutachtete mich und ging um mich herum. „Du hast wenigstens einen richtig schönen Po, nicht so platt wie meiner!" stellte sie neidlos fest. „Dafür könnte ich im Leben solche Röckchen nicht tragen." entgegnete ich. „Was sind wir schön!" Iris grinste und holte eine Flasche Prosecco. „Und weißt du, was wir jetzt machen? Wir zwitschern uns ein schönes Fläschchen rein und dann fahren wir mit dem Taxi!" Ich strahlte: „Au ja, das habe ich ewig nicht gemacht! Das ist ja fast wie früher – da sind wir doch immer angeschickert losgezogen! Nur dass wir uns da kein Taxi leisten konnten! Hattest du nicht gesagt, du bist knapp bei Kasse?" Sie zuckte mit den Schultern. „So viel muss schon sein. Und ich finde auch, wir machen viel zu selten einen drauf, so wie früher! Meine Güte, hört sich das an, so alt sind wir doch noch gar nicht! Aber seit ich nicht mehr kellnern gehe..." Wir holten langstielige Sektgläser, einen Handspiegel und den großen Beutel mit Iris' Make-up-Utensilien. „Soll ich dir Lockenwickler reindrehen?" fragte sie. Ich kicherte und hatte schlagartig gute Laune.

8

Wir alberten wie die Teenager herum und tobten uns aus an Make-up, Lockenwicklern, Haarspray, Parfüm und Prosecco – und mit der Digitalkamera. Ich legte eine CD ein und sang mit Rundbürste und Wicklern auf dem Kopf in die Kamera. Wir waren so albern, dass ich mir zweimal neue Wimperntusche auftragen musste, weil ich vor lauter Lachen alles wieder verschmiert hatte. Wir verknipsten circa zwei Dutzend Fotos, davon mehrere von mir mit Mascara-verschmiertem Gesicht und dann hatten wie die Flasche endlich leer. Das Taxi stand vor der Tür. Es konnte losgehen! Ich fühlte mich sauwohl. Soviel Spaß hatte man eben nur mit der besten Freundin. Wer war schon Anders!

Ich schnappte mir leicht schwankend meine Tasche und lehnte mich lässig in den Türrahmen. „Fertig, Süße?" fragte ich. Iris wühlte hektisch in unserem Wäscheberg nach ihrer kleinen Handtasche. „Hab sie! Wir können!"

Wir staksten aufrecht zum Taxi, das vor der Tür wartete. Schließlich brauchte der Fahrer ja nicht gleich zu merken, dass wir zwei keine Ladys, sondern verhinderte Schnapsdrosseln waren. Herrje, ich konnte ja kaum noch gerade gehen! Wie peinlich! Mein Abenteuersinn fing mächtig an zu bröckeln. Ich setze das überhebliche Gesicht auf, das Anders so niedlich findet und das ich immer hervorhole, wenn ich unsicher bin. „Wohin soll`s denn gehen?" Der Fahrer sah kurz in den Rückspiegel und drehte sich dann grinsend zu uns um. „Na, was haben Sie zwei Hübschen denn noch vor?" Er konnte sich das Lachen kaum verkneifen. Ich sah verwirrt zu Iris. Sie sah mich fassungslos an und fing dann schallend an zu lachen. Mir verging langsam die Stimmung. „Vielleicht könnte mich mal jemand aufklären?!" motzte ich los. „Pfffffkkrrr! Du... Du hast da noch..." Iris streckte ihre Hand nach meinem Kopf aus. Sie konnte nicht weitersprechen. Ich nestelte in meinen Haaren herum und ertastete noch zwei rosa Lockenwickler darin. Wütend zog ich sie heraus. „Aua!" Nun musste ich auch lachen. Unser Chauffeur verpasste beinahe eine Grünphase und der Fahrer hinter uns hupte wütend. Als wir endlich da waren, waren wir mit ihm per du, unser kunstvolles Make-up war schon deutlich angegriffen und Lars half uns mit Taschentüchern und guten Ratschlägen aus. „Nicht wischen, nur tupfen!" Ich prustete schon wieder los. „Ich habe eine 16jährige Nichte!" beeilte er sich zu erklären. Er freue sich, zwei so nette, natürliche Mädels gefahren zu haben, gab uns seine Karte, damit wir ihn später wieder anrufen könnten, wenn wir abgeholt werden wollten und wünschte uns einen netten Abend. Ich war gerührt und winkte ihm mit meinem Taschentuch nach. „Den rufen wir nachher auf jeden Fall an! Das ist ja dann fast, als wenn wir einen eigenen Chauffeur hätten!" Ich fühlte mich schon wieder etwas damenhafter und kletterte mit meinen Riemchensandalen hinter Iris her in Richtung Restaurant. Am Eingang wurden wir von einem Portier abgefangen, der kontrollierte, ob wir auch bestimmt reserviert hätten. Ziemlich steif wies er uns einen Tisch für zwei Personen zu. Hach, dieser dünkelhafte Kellner – der hätte Anders gefallen. Anders fühlt sich immer sehr erhaben, wenn er mit Kellnern über den Abgang eines Weines oder so etwas philosophieren kann. Und nur, wenn das Personal distanziert, reserviert und leicht arrogant ist, fühlt er sich richtig ernst genommen. Genau so kann er nämlich auch sein und dann kommt er sich furchtbar vornehm vor. Einmal hatte ich Anders mit in diese neue Szene-Kneipe genommen und der Typ, der da bediente, hat gefragt „Na, was kann ich euch denn bringen?". „Am liebsten Ihren Vorgesetzen!" hatte mein Liebster den erstaunten Kellner angepflaumt. Es war ja so ein peinlicher Abend! Lang waren wir allerdings dann nicht mehr da. Habe mich auch danach nicht mehr dahin getraut. Wenn mich jemand erkannt hätte!

Manchmal war es ganz schön peinlich mit ihm. Dabei war er eigentlich ein wirklich toller Gesprächspartner. Er war so gebildet und sehr selbstsicher, das gefiel mir irgendwie. Er konnte immer mitreden und man konnte ihn überallhin mitnehmen... nur eben in Szenekneipen nicht. Ich seufzte.

Iris stupste mich an. „Hey, alles in Ordnung?" „Ach, ich habe nur gerade daran gedacht, wie es Anders wohl hier gefallen würde..." murmelte ich. „Der würde hier einziehen wollen", entgegnete sie trocken. „Allein dieser Pinguin im Frack hätte ihn schon beeindruckt." Sie zog die Stirn kraus. „Warum haben uns eine französische Speisekarte gegeben? Und warum habe ich in der Schule kein Französisch gewählt? Dann wüsste ich, was es zu essen gibt!" „Die deutsche Übersetzung ist auch nicht gerade hilfreich", stimmte ich zu und überlegte, wie wohl *Carpaccio vom Hokkaido-Kürbis an Thymian-jus* schmeckte. „Bei meinem Italiener um die Ecke ist Carpaccio immer ganz dünn geschnittenes rohes Fleisch mit frischem Pfeffer und Parmesan. Sehr lecker. Wie allerdings roher Kürbis mit Thymian schmeckt, das kann ich dir nicht sagen!" Ich musste schon wieder kichern. Der Pinguin, der am Nebentisch gerade mit wichtiger Miene die Weinkarte auftrug, sah mich strafend an. Ich steckte meine Nase hastig etwas tiefer in die Speisekarte. Iris hatte schließlich die Seite mit den Fleischgerichten gefunden. Sie schloss die Augen und piekte mit spitzem Finger auf ein Gericht auf der Karte. „Das nehme ich!" Vergnügt sah sie mich an. „Lamm! Das hab ich ewig nicht gegessen! Mit geschmortem Paprika-Sugo. Klingt auf jeden Fall lecker!" Da kam schon der Kerl im Frack und blickte etwas skeptisch auf uns herunter. Hektisch blätterte ich in der Karte. Ich konnte mich überhaupt nicht entscheiden! „Sie haben gewählt?" „Ich nehme das Lamm mit Paprika-Sugo", sagte Iris gnädig. „Was können Sie dazu für einen Wein empfehlen?" Der Ober machte gleich ein etwas milderes Gesicht. Offensichtlich hatte sie die richtige Frage gestellt. „Ich würde Ihnen einen Côtes du Rousillon Rouge empfehlen. Duftet nach Brombeeren, Holunder, Leder ... und nach schwarzem Pfeffer – und ein wenig nach glimmendem Holz. Angenehmes Beerenaroma..." Iris starrte ihn an. „Ich glaube, ich brauche noch einen Moment. Ob Sie wohl gleich nochmal wiederkommen könnten?" unterbrach ich etwas gestresst. Er sah mich würdevoll an. Mit einem höflichen „Sehr wohl" begab er sich an den Nachbartisch. Der gewichtige Herr dort wünschte einen Pfälzer Weißwein. Der Pinguin schleppte eine bauchige Weinflasche herbei. Der Dicke sah zufrieden auf das Etikett. „Duft?" fragte er knapp. „Er duftet nach Rosen, Ananas, dezent nach nassem Lappen". Angenehm differenziertes Aroma, exotische Früchte, etwas Muskat, leichte Terpentinnote im Abgang." Der Dicke lehnte sich behäbig zurück und nickte unmerklich mit dem kleinen Kopf. „Bitte!" wies er den Ober an, der sich wieder kurz verbeugte und los lief, um die dicke Weinflasche aufzumachen. Iris zischte mir zu: „Ich wollte immer schon Wein probieren, der nach nassem Lappen schmeckt. Aber ich halte mich lieber an die Empfehlung und nehme den Rotwein mit Leder-Aroma!" Der Kellner war zurück und schenkte dem Dicken seinen goldgelben Pfälzer ein. Dann kam er wieder zu uns und sah mich fragend an. „Ich nehme auch das Lamm und den ... äh... Rotwein!" sagte ich verlegen, weil ich mich nicht hatte entscheiden können. „Trinken Sie ein Wasser dazu?" fragte er. „Ich darf unsere Hausmarke empfehlen. Halbstilles Wasser, basisch. Passt ausgezeichnet zu dem Wein, den Sie ausgewählt haben." Iris nickte hoheitsvoll und ich versuchte, nicht allzu unwissend auszusehen. Endlich war er weg. Iris sah ihm erleichtert nach. „Ich werde ja das Gefühl nicht los, dass er uns nicht ganz ernst genommen hat. Von wegen ausgesucht! Und was

bitte, ist badisches Wasser?" „Ich glaube, er hat basisch gesagt. Hatten wir das nicht mal im Chemie-Unterricht? Irgendwas mit Säuren und Basen... Oder Laugen? Oder war das dasselbe?" Chemie war noch nie meine Stärke gewesen. Anders hätte das jetzt bestimmt gewusst. Ich verscheuchte den Gedanken. „Die Stunde muss ich wohl verpasst haben." Iris lachte. „Naja, man wird uns hier schon nicht vergiften wollen." Sie schielte zum Nebentisch. „Der Dicke scheint mit seinem Terpentin jedenfalls ganz zufrieden zu sein."
Wir waren auch sehr zufrieden. Das Lammfleisch zerfiel fast auf der Gabel und die geschmorten Paprika waren klasse. Anders hätte sie sicherlich *delikat* gefunden. Ich nahm mir noch etwas Wein. Immer noch nicht ledrig oder holzig. Ich hatte kaum getrunken, da schenkte Iris mir schon nach. Sie hob ihr Weinglas so vorsichtig hoch, als wäre es aus Pergamentpapier, um nur nichts zu verschütten. Mit konzentriertem Gesicht führte sie das Glas zum Mund und hielt dann inne. „Ich probier das jetzt mal, wie der Dicke das gemacht hat!" Sie nuschelte zwar schon etwas, aber sie hätte ruhig etwas leiser sprechen können. „Schschsch!" machte ich besorgt. Dann siegte auch meine Neugier. „Wie denn?" Unverhohlen schauten wir zu unserem Tischnachbarn hinüber. „Der schmatzt immer erst und dann schnauft er durch die Nase!" beobachtete Iris scharf. „Und dann schmeckt der Wein nach Leder?" fragte ich andächtig. „Das haben wir gleich!" Wir schauten uns tief in die Augen und dann tief ins Glas. Wir lutschten gekonnt auf unserem Wein herum. Ich guckte noch einmal schnell zu dem Dicken und schnaufte dann gekonnt durch die Nase aus. Entzückt sah ich Iris an. „Das is ja toll! Weiß auch nich so genau, aber ich glaub, ich haps raus!" Der Pinguin näherte sich wieder und zum ersten Mal, seit wir da waren, schaute er nicht zuerst Iris, sondern mich an. „Sind Sie mit dem Wein zufrieden?" erkundigte er sich. Geschmeichelt, dass er mich so etwas

fragte, nickte ich heftig. „Sehr... zufried'n!" Lächelnd ging er wieder davon.

Irgendwann hat Lars uns dann abgeholt. Vielleicht hat Iris ihn angerufen, vielleicht ist er auch nach seiner letzten Tour vorbeigekommen. „Na, was gab's denn Leckeres?" wollte er von uns wissen, nachdem er uns auf seine Rückbank geladen hatte. „Lamm und Wein!" posaunte Iris. „Aber er schmeckt nur nach Leder, wenn man danach ganz feste schnauft. Gesine kann das besser als ich. Mein Wein hat nicht mal nach Holz geschmeckt, aber sonst war der sehr lecker!" Lars staunte. „Und das Wasser war..." Sie suchte nach dem richtigen Wort. „...äh... auch lecker", schloss sie schließlich lahm. „Musst du unbedingt auch mal hingehen!"

Ein verkaterter Morgen

Am nächsten Morgen erwachte ich früh. Wie ich ins Bett gekommen war, wusste ich gar nicht mehr so genau; überhaupt fühlte ich mich übel, hatte Kopfweh, mein Magen rebellierte und ich konnte nicht mehr einschlafen. Anders schlief wie ein Baby und mein herzzerreißendes Stöhnen störte ihn offenbar nicht. Ich seufzte. Wie romantisch hätte ich es gefunden, wenn Anders mir einen Eisbeutel geholt hätte. Aber der drehte sich knurrend auf die andere Seite. Ich stakste in die Küche und schleppte mich mit Eimer, einer Flasche Wasser und einer Schachtel Aspirin wieder ins Bett. Schlafen konnte ich aber auch nicht. Ich beugte mich über meinen Eimer und hustete übertrieben. Nachdem ich umständlich mit der Wasserflasche herumgemacht und eine Aspirin aus ihrer Folie gepellt hatte, war Anders endlich aufgewacht. Ärgerlich sah er mich aus zusammengekniffenen Augen an und fuhr sich mit der Hand durch sein zerstrubbeltes Haar. „Hast du einen Kater? Du bist bestimmt dehydriert und unterversorgt mit Mineralien und Natrium. Mach dir eine salzige Brühe oder sowas." Er sah auf den Wecker und seufzte. „Ach, was soll's. Ich kann jetzt ja doch nicht mehr schlafen. Ich mach mal Frühstück. Willst du was essen?" Ich beschloss, es zu versuchen. Schließlich machte Anders nicht jeden Tag Frühstück für mich. Wie nett von ihm! Getröstet setzte ich mich an den Küchentisch. Er stellte eine Tasse heiße Hühnerbrühe aus der Tüte vor meine Nase und kochte eine Kanne mit einer Kreuzung aus Pfefferminz- und Kamillentee. Er wusste zwar, dass ich gerade diesen Tee aus tiefstem Herzen verabscheute, aber er meinte es sicher gut. Ich fühlte mich sehr umsorgt und außerdem war es sicher gesund, dieses Kräuterzeugs. Ich trank trotzdem lieber erstmal meine

Brühe. Er grinste mich an. „Na, hast du einen netten Abend gehabt?" Er für seinen Teil habe sich große Mühe geben müssen, um Armanie wieder aufzumuntern, aber einen hübschen Tisch habe sie sich gekauft. Sie sei ja so ganz ein Mädchen, was handwerkliche Sachen anging. „Bestimmt kann sie nicht mal ein Bild an die Wand hängen!" Er lachte gutmütig. Ich fühlte mich schon besser. Mein Freund verpflegte mich mit Tee, und ich fühlte mich im Gegensatz zu Armanie wie ein Handwerks-Ass – endlich mal etwas, das ich besser konnte als sie. Ich lächelte Anders an. „Wie nett, dass du dich um sie gekümmert hast. So einen Freund findet sie nicht jeden Tag!" Anders grinste mich an. „Tja – wie gut, dass es mich gibt, was? Was hast du denn gestern so angestellt? Und mit wem? Warst du bei Iris?" Ich versuchte, eine eindrucksvolle Version des gestrigen Abends wiederzugeben. Leider konnte ich mich nicht mehr so genau an die Aromen dieses Weins erinnern. „Jedenfalls war es ein toller Wein!" erklärte ich, „mit einem schönen Holzaroma und ..." Anders lachte schallend. „Seit wann verstehst du denn was von Wein?" prustete er schließlich. „Wir haben es bei einem anderen Gast gesehen, wie man den schlürfen und dann schnaufen muss. Ich habe das ganz gut gemacht, sogar der Kellner war höflich zu mir!" erklärte ich stolz. „Ich will da unbedingt mit dir nochmal hin. Es hätte dir super gefallen, bestimmt!" Anders gab mir einen Kuss auf die Nasenspitze. „Das machen wir, versprochen. Und dann musst du uns einen guten Wein heraussuchen!"

Anders ging netterweise ohne mich einkaufen, nachdem er die Wasserflasche und die Aspirin-Schachtel sowie den Eimer wieder in der Küche verstaut hatte. „Immer muss ich hinter dir herräumen!" schimpfte er noch. „Warum musst du immer alles neben deinem Bett stapeln! Wie das hier aussieht!" Ich gab gleichmütig zu, ein Chaot zu sein, krabbelte wieder ins Bett und kuschelte mich tief in meine Kissen. Irgendwie war es ja doch schön, einen festen Freund zu haben – einen, der für mich einkaufen ging, bei dem ich zugeben konnte, dass ich von Wein keine Ahnung hatte und bei dem es nicht schlimm war, wenn er sich deswegen über mich lustig machte. Wenn ich nicht einen Kopf wie ein Rathaus gehabt hätte, wäre das ein prima Morgen gewesen. Ich holte mir eine Flasche Wasser aus der Küche, trank sie zur Hälfte aus und schaffte es gerade noch, sie zuzuschrauben und neben das Bett auf den Boden zu stellen, ehe ich wieder einschlief.

Das Telefon klingelte. Ich spähte auf den Wecker. Halb drei. Seufzend kletterte ich aus dem Bett und schleppte mich ans Telefon. Es war Iris. Sie hatte einen ganz tollen, verkaterten Morgen im Bett verbracht und fühlte sich nun kräftig genug, um in den Tag zu starten. „So einen super Kater hab ich schon seit Jahren nicht mehr gehabt!" meinte sie begeistert. „Da haben wir endlich mal wieder so richtig einen drauf gemacht!" „Ja, wirklich, " stimmte ich ihr zu, „und Anders hat mir heiße Brühe gemacht und Frühstück und Kamillen-Pfefferminz-Tee!" „Ich dachte, den magst du gar nicht?" fragte sie verwundert. Wir quatschten nochmal den ganzen Abend durch und beschlossen, das bald wieder zu machen. Und sobald die nächste Kohle kam, würden wir einkaufen gehen.
Um kurz vor sechs hörte ich Anders' Auto und wir mussten leider aufhören. Er mag es nicht so gern, wenn ich telefoniere. Außerdem macht es keinen Spaß, wenn er da ist, weil er immer stirnrunzelnd durch die Wohnung läuft und mich strafend ansieht – so wie früher meine Eltern. Ich kann mich dann gar nicht auf mein Gespräch konzentrieren.
Als Anders endlich mit den Einkäufen in die Küche kam, empfing ich ihn mit ehrlicher Begeisterung. Naja, okay, also

genau genommen war ich begeistert über die Einkäufe. Mein Schatz hatte sich selbst übertroffen, und richtig viele leckere Sachen vom Türken (oder Griechen? Spanier?) mitgebracht. diese tolle Auberginen-Creme, Aiolli, Garnelen, Oliven, Fladenbrot und Peperoni! Außerdem war er wohl bei seinen Eltern gewesen und hatte noch etwas Kuchen für uns abgestaubt.

Wir türmten all die vielen Leckereien im Wohnzimmer auf und Anders holte den Koffer mit den vielen Filmen, die er illegal aus dem Netz gezogen hatte. Wie praktisch, dass er das konnte! Man hatte fast seine eigene Videothek zu Hause. Mit einem Fläschchen Wein konnte der Abend losgehen.

Ich gab mich meiner Bestimmung als Couch-Potato hin und war rundum mit der Welt zufrieden.

Der nächste Morgen? Naja. Der Kater war wieder da und wenn ich das Wort Majonäse nur hörte, wurde mir übel. Leider kochte mir Anders diesmal keine Gemüsebrühe. Der blieb nämlich bis drei Uhr im Bett!

Wochenende

Ich war motiviert in die neue Woche gestartet und hatte im Büro damit geprahlt, dass ich in dem tollen Restaurant gewesen war und was für einen urgemütlichen Abend zu zweit ich mit Anders gehabt hatte. „Abende zu zweit vor dem Fernseher hatte ich auch genug!" höhnte die Chefsekretärin – sie stammt tatsächlich aus einer Zeit vor den Bürokauffrauen. Sie hat noch auf einer echten Schreibmaschine gelernt, heißt Frau Chlupka-Dümpelmann, aber wir sagen meist Frau CD zu ihr. „Warte nur noch ein paar Jahre, dann ist das gemeinsame Fernsehen-Gucken das einzige, was man noch zusammen macht!" Missmutig starrte sie mich an. „Aber schick essen gehen, darauf hätte ich auch mal wieder Lust. Mein Mann wollte immer nur in die Kneipe um die Ecke, alles andere war dem ja zu aufwändig. Hat dein Freund das Restaurant ausgesucht?" Naja. Das konnte man ja nun so nicht sagen. Ich erklärte, ich hätte das Restaurant ausgesucht und meine beste Freundin mitgenommen, weil man ja so selten Zeit für sich hat und auch mal ohne die Männer was Schönes unternehmen will. Frau CD hatte mich natürlich gleich durchschaut und grinste vergnügt. „Aha. Deiner ist also auch nicht besser. Dachte ich's mir doch. Männer sind doch alle gleich."

Anders hatte die Angewohnheit, mich meist vor vollendete Tatsachen zu stellen, wenn er etwas plante oder vorhatte. „Ach, übrigens..." war einer seiner Lieblingssätze. „Ach, übrigens, ...", sagte er kauend am Mittwoch Abend, „am Freitag machen wir einen DVD-Abend." Meine Gabel blieb auf halber Höhe schwebend stehen und ich sah ihn fragend an. „Wer ist denn wir? Oder bei wem machen wir einen DVD-Abend? Was gucken wir denn?" „Armanie kommt und René und vielleicht noch so`n paar Kollegen von mir." Meine Spaghetti-Sauce tropfte von der Gabel auf meinen Teller. Ich starrte Anders an. „Heißt das, wir machen das hier?!" „Hast du was dagegen? Warum sollen wir das denn nicht hier machen?" Ich ließ die Gabel sinken. „Ich habe überhaupt nichts dagegen!" log ich ärgerlich. „Ich muss dann nur vorher noch ein bisschen aufräumen und..." „Ja, das ist mir wohl auch aufgefallen!" Anders zog die Stirn kraus und nickte vorwurfsvoll auf meine kleinen Häufchen von Klamotten, Zeitschriften und sonstigen Dinge, die sich überall in der Wohnung auftürmten. „Und was soll ich zu essen machen?" fragte ich mürrisch. „Liebe Güte, Gesine, ich habe die Leute nicht zum Dinner eingeladen, sondern wir machen einen DVD-Abend. Wir bestellen Pizza oder so. René isst sowieso nichts anderes. Der weiß wahrscheinlich nicht mal, was `ne Zucchini ist! Und was wir gucken, weiß ich nicht, René bringt die Filme mit." Grinsend piekte er einen Zucchini-Würfel auf und verputzte das letzte Restchen Gemüsesauce. Ich rührte lustlos in meinem Abendessen. „Willst du nicht mehr?" Anders zog meinen Teller zu sich herüber und hatte mit drei Happen auch meinen Teller geleert. „Ich geh noch ein bisschen an den Rechner!" Weg war er. Seufzend räumte ich die ausgeschleckten Teller in die Spülmaschine und sah mich um. Ja, okay, zugegeben, ich türmte Häufchen in der Wohnung auf, auf die wäre jeder Maulwurf neidisch geworden. Ich fing an aufzuräumen. Ausgerechnet mit Armanie und René! René war Anders' Kumpel aus Schulzeiten und passte zu Armanie so gut wie ein Loch in der Hose. Er war ein völliger Prolet und ich habe noch nie begreifen können, wie ausgerechnet er und Anders zusammengefunden hatten. In diesem Fall schien – seltenerweise – auch Armanie meiner Meinung zu sein und ich fragte mich, weshalb wir ausgerechnet in dieser Kombination einen DVD-Abend verbringen sollten.

Welchen Film der wohl anschleppen würde? Womöglich einen seiner sogenannten Klassiker? Wie hieß noch gleich dieser Streifen, mit den reitenden Skeletten? Die Nacht der lebenden Toten? Nee, dass Horrorfilme bei mir gar nicht gehen, dürfte er nach dem letzten DVD-Abend wohl gemerkt haben. Ist mir heute noch peinlich. Anders hat auch noch Fotos davon gemacht, wie ich mich mit angstverzerrtem Gesicht hinter einem Sofakissen verstecke und eine ganze Serie von stummen Schreien geschossen. René hat Tränen gelacht und mir dann versöhnlich versprochen, das nächste Mal was ganz harmloses mitzubringen. Na, ich war gespannt.

Am Freitag-Abend hatte ich vorsichtshalber meine dicken, plüschigen Kissen auf dem Sofa drapiert. Auf dem Tisch standen Erdnüsse und Chips und ein paar Pizza-Karten.
Armanie erschien in einer cremigen, weichen Hose und einem Hauch von einem flauschigen Strickoberteil, das so grobe Maschen hatte, dass es nur schwerlich als Pullover durchging. Das Outfit hätte zu einer Mariah Carey-Homestory gepasst, es sah gleichermaßen gemütlich und Sofa-tauglich und dennoch teuer und elegant aus. Ich schluckte meinen Neid hinunter und bot ihr was zu trinken an. „Hast du Sekt mit Eiswürfeln?" fragte sie. Klar. Hatte ich. Ich holte mir auch gleich ein Glas, denn ich brauchte etwas, woran ich mich festhalten konnte. Wer weiß, was René gleich gruseliges anschleppen würde. „Gib schon mal die Pizza-Karte!" befahl Armanie. „Taugen die Salate da was?" Ich zuckte die Schultern. „Ehrlich gesagt habe ich da bisher nur Pizza gegessen, keine Ahnung." Armanie sah an mir herunter und verzog die Lippen zu einem Lächeln, das Anders vermutlich freundlich gefunden hätte. Ich wusste natürlich genau, was sie dachte und in mir fing es schon wieder an zu brodeln. Ich überlegte kurz, ob ich auch lieber

einen Salat essen sollte... Nein! Jetzt erst recht nicht. Ich würde irgendeine dick belegte, große Pizza mit doppelt Käse nehmen. HA! Mit finsterer Miene nahm ich die Karte entgegen, die Armanie mir hinhielt. Mein böses Gesicht schien sie zu erheitern. Vergnügt fischte sie einen Eiswürfel aus dem Glas und lutschte kokett darauf herum, als Anders hereinkam. Er hatte noch geduscht und war natürlich nicht pünktlich fertig geworden. Wer hat eigentlich das Gerücht in die Welt gesetzt, dass es die Frauen sind, die immer so lange brauchen? Er begrüßte Armanie mit einem herzlichen Kuss auf die Wange. „Na, kann der Spaß losgehen?" Armanie grinste breit. „Ich habe jetzt schon Spaß!" sagte sie und schielte zu mir herüber. Anders setzte sich zwischen uns und griff nach der Karte. Ehe ich sie ihm geben konnte, schellte es. „Das ist bestimmt René!" Er sprintete zur Tür. In der Tat. René latschte herein und ließ sich in einen Sessel fallen. Dann warf er ein paar DVDs auf den Tisch. „Habe euch mal eine kleine Auswahl mitgebracht." Er grinste mich an. „Nur Actionfilme und sowas! Wollte doch das Gesinchen nicht wieder verschrecken. Du darfst auch den ersten Film aussuchen!"

Nachdem also alle ihre Pizzen bzw. ihren Salat ausgewählt hatten, gab Anders die Bestellung auf. In der Zwischenzeit fischte ich irgendeinen Film aus dem Haufen. Es war ein Actionfilm. Ein braver Familienvater wird unschuldig des Mordes bezichtigt und macht sich auf die Suche nach dem wahren Täter, rettet die Welt und rächt sich fürchterlich. Bestimmt eine sichere Sache, hatte ich gedacht. Aber bereits nach relativ kurzer Zeit griff ich unauffällig nach dem ersten Kissen. Nervenaufreibende Musik... DA! Die arme Frau sank tödlich getroffen zu Boden und dem Familienvater dämmerte, in was er da `reingeraten war. „Jetzt bloß nicht heulen!" dachte ich und blinzelte hektisch. René futterte sich etwas gelangweilt durch die Erdnussdose. Zweifellos wartete er darauf, dass es endlich richtig losging.

Ich umklammerte mein Sektglas. Nahaufnahme. Nun hielt er sein sterbendes Kind in den Armen, von Trauer überwältigt und im Hintergrund hörte man bereits die Polizeisirenen. Mir entfuhr ein lauter Schluchzer. Fassungslos starrten mich drei Gesichter an. „Was hast *du* denn?!" Anders schien peinlich berührt. Armanie sah mich spöttisch an. „Soll ich dir ein Taschentuch holen?" fragte sie hämisch. René kringelte sich auf seinem Sessel. „Hahaha! Anders, wo ist der Fotoapparat? Diese Abende mit euch sind einfach unbezahlbar!" Ich wischte mir über das Gesicht und fing gerade an, eine Erklärung zu formulieren, da klingelte es an der Tür. Erleichtert stand ich auf. „Ich geh schon, das ist bestimmt die Pizza." „Bring den Fotoapparat mit!" krähte René hinter mir her.

Als ich würdevoll, mit getrockneten Tränen, der Pizza und dem Salat für Armanie zurück kam, war der Film endlich richtig losgegangen. Der Familienvater, der nun keine Familie mehr hatte, war zum Bodybuilder mutiert und offenbar hatte man ihm in der kurzen Zeit, die ich in der Küche gewesen war, das T-Shirt zerrissen. Es gab den Blick auf schweißglänzende Muskeln frei und ich seufzte erleichtert. Jetzt konnte mir nichts Schlimmes mehr passieren. Ein gut gebauter Mann war glücklicherweise weder zum Heulen noch zum Angst haben. „Ja, den würde ich auch nicht von der Bettkante schubsen!" grinste Armanie mir von der Seite zu. Offensichtlich hatte sie den Seufzer gehört. Anders schaute erstaunt von ihr zu mir. René klopfte ihm auf die Schulter und grölte. „Mach dir nichts draus, Mann. So sind sie eben. Weiber!"

Den zweiten Film durfte Armanie aussuchen. Sie besah sich alle ganz sorgfältig, las zwischendurch etwas von der Handlungsbeschreibung vor und verwarf einen Film nach dem anderen, wobei sie vorgab, Rücksicht auf mich nehmen zu wollen. Die Jungs amüsierten sich königlich und ich zwang mich zu einem Lächeln. Schließlich fischte sie eine Comic-Verfilmung heraus, in der menschliche Mutanten miteinander kämpften. Einer konnte Metall kontrollieren, einer die Gedanken anderer kontrollieren, ein Mädchen ging durch Wände. „Wenn ihr Mutanten wärt, welche Mutation hättet ihr dann?" wollte Anders wissen. René zog ob einer so komplizierten Frage die Stirn kraus. „Ich wäre eine Schneekönigin!" erklärte Armanie bestimmt und fischte einen Eiswürfel aus ihrem Glas. „Ich wär lieber so was wie Hulk!" René spannte die Armmuskeln an und stieß einen tierischen Schrei aus. „Ich würde lieber Gedanken kontrollieren können! Damit könnte man vielleicht anderen Menschen mehr Intelligenz eintrichtern!" meinte ich und schielte genervt zu René. „Intelligenz?" fragte Armanie träumerisch und sah mich wieder von der Seite an. „Auch ein netter Wunsch." War das nun versöhnlich gemeint oder eine neue Unverschämtheit? Ich wurde aus Armanie nie ganz schlau.

Anders schnaufte und zog die Nase hoch. Ehe er uns verkünden konnte, welcher Mutant er denn wäre, sah ihn René von der Seite an und meinte: „Hast du was in der Nase? Ich kenn da `nen ganz tollen Trick!" Er erklärte uns begeistert, wie man unauffällig in der Nase bohren konnte, ohne dass es jemand merkte. Es war einfach widerlich. Beifall heischend schaute er sich um. Nur Anders, der schon einige Bierchen intus hatte, musste lachen. Armanie starrte mit verkniffenem Mund auf den Bildschirm. Mir verschlug es die Sprache und ich stand auf, um Taschentücher zu holen. Ich wühlte in unserem Badezimmerschrank. Irgendwo mussten doch noch welche sein? Endlich hatte ich sie und ging zurück Richtung Wohnzimmer, als ich meinen Namen hörte. „Ach komm!" sagte René. „Sie ist zwar `ne

ziemliche Heulsuse, aber es ist doch immer lustig mit ihr!"
Ich wusste zwar nicht, vor wem er — ausgerechnet der! —
mich verteidigt hatte, aber der Rest des Films machte mir
keinen Spaß mehr.

Armanies Handy zirpte. Sie lehnte sich damit dekorativ
gegen die Wand. Langsam ließ sie sich daran herunter
rutschen, während sie telefonierte. René starrte sie an.
„Noch schlimmer!" flüsterte sie, gerade noch hörbar, in ihr
Telefon. „Jetzt gleich? Super!" Sie legte auf. „Muss gleich
weg. Ziehe noch mit meinen Mädels um die Häuser!"
Enttäuscht sah René ihr nach, als sie ihre Tasche holte und
winkend verschwand. „Tja, dumm gelaufen, Mann!" Anders
holte noch zwei Bier. René zuckte die Schultern und die
beiden warfen die nächste DVD ein. Ich räumte die Pizza-
Reste weg. Dieser Typ hatte doch nicht ernsthaft geglaubt,
er hätte Chancen bei Armanie? Konnte einem ja fast leid
tun! Ich ging ins Bett. Anders und René war es doch eh
wurscht, ob ich nun dabei saß oder nicht. Offenbar hatte ich
ja ohnehin reinen Unterhaltungswert. Dass René nach Hause
ging und Anders ins Bett kam, bekam ich gar nicht mehr
mit.

Anders war früh aufgestanden und hatte mich natürlich
dabei geweckt. Was der Mann immer für einen Krach macht,
wenn er aufsteht! Ich kniepte verschlafen mit den Augen. Er
brauche ganz dringend irgendein Teil für seinen Computer,
erklärte er - vermutlich die hundertste externe Festplatte im
Designerstil, oder sowas. Über seinen Computer, den er
ständig ausbaut, sprachen wir selten. Nicht, dass ich nicht
mit Computern umgehen könnte – ich arbeitete schließlich
seit Jahren an einem und was die üblichen Programme
angeht, war ich Expertin! Was allerdings das Innenleben
dieser grauen Klötze anging war ich ziemlich unbedarft.
Interessierte mich aber auch nicht. „Daher hat Anders sich

wohl auch nie die Mühe gemacht, mir das mal alles zu erklären", dachte ich und streckte mich wohlig im Bett. Obwohl – er hatte da mal irgendwas erzählt... irgendwas mit Nullen und Einsen... oder waren es Einsen und Zweien gewesen? Jedenfalls besteht in Wirklichkeit alles, was einen Rechner ausmacht, nur aus diesen zwei Zahlen. Wie die jetzt auf dieses seltsame kleine Plättchen namens Motherboard kommen, habe ich aber schon wieder vergessen. Falls ich es je wusste... Ich gähnte.

Naja, wie auch immer! Was fing ich denn nun mit diesem Vormittag an? Was war noch gleich gestern Abend? Ach ja. Ich stöhnte. Dieser dämliche DVD-Abend. Wenn ich nur gewusst hätte, worüber die geredet haben, als ich auf dem Klo war und Taschentücher gesucht hab! Ich beschloss, den blöden Abend einfach zu vergessen und überlegte gerade, ob ich abends etwas Tolles für uns kochen und schnell noch im Bio-Laden einkaufen sollte, da rief mir mein Liebster über die Schulter zu, dass heute Abend eine Uni-Party stattfinde und dass Armanie ihn, also uns, eingeladen hätte. Da musste ich wohl gerade im Bad gewesen sein. Uäh. Party und dann noch an der Uni mit diesen eingebildeten Affen aus Armanies Fakultät. Sie studiert nämlich Philosophie und noch so ein brotloses Fach. Über normale Sachen kann man sich mit ihren werten Studierfreunden leider nicht unterhalten. Ich kann zwar Ikea-Tische aufbauen und Bilder aufhängen, aber mit Studenten, und dann auch noch denen der Geisteswissenschaften (so heißen all diese brotlosen Künste nämlich) kann ich wenig anfangen. Anders' Kommilitonen waren alles Jura-Studenten, also auch nicht viel besser, und die Mädels waren reichlich hochnäsig, aber diese Philosophen toppten alles. Ich blieb noch etwas im Bett. Der Gedanke an diese Uni-Party war jetzt schon langweilig und ich beschloss, einfach noch ein bisschen zu schlafen.

Als Anders die Wohnungstür aufschloss, beschaute ich mir gerade mein Spiegelbild und es war klar, dass ich so auf gar keinen Fall auf eine Party gehen konnte – schon gar nicht, wenn Armanie auch da war. Wie würde die sich wieder fühlen, wenn ich da so auflief. Ich ließ mir Badewasser ein und durchwühlte meine große Box mit Badezusätzen. Ich hortete lauter kleine Tüten und Fläschchen mit Badeessenzen, Pülverchen, Duftzusätzen - Badeöl, Badesalz und Badekugeln, die so schön schäumen. Ich wühlte mich durch meinen Vorrat, entschied mich für Candy Mountain mit Schokolade-Aroma und legte mir schon mal ein großes, flauschiges Handtuch auf die Heizung. So blöd ich diese Uni-Leute meist fand, irgendwie freute ich mich auch darauf, mit Anders mal wieder auf eine Party zu gehen, die nicht so eine doofe Geburtstagsfeier war, wo man den ganzen Abend auf seinem Platz hockte und so viel Bewegung in die Geschichte kam, wie auf einem Schachturnier. Mit etwas Glück hatte man nette Sitznachbarn und das Essen war gut, aber auf einer richtigen Party war ich in den letzten Jahren nicht mehr so oft gewesen. Meine Güte, was wurde man alt. Das hatte ich doch letztens erst gedacht, wann war das nur gleich? Na, egal. Jedenfalls würde dieses Wochenende nach diesem ätzenden Freitagabend doch noch was her machen und ich konnte am Montag im Büro mit meinem aufregenden Leben angeben.

Anders hatte sein neuerworbenes Computer-Zubehör auf seinem Schreibtisch verstaut. Jetzt kam er mit ausgestreckten Armen in das nebeldurchflutete Badezimmer getapert. Er kämpfte sich bis zum Fenster vor und riss es auf. Dann legte er die Arme um mich und schnupperte. „Mmh, du riechst gut!" Er fuhr mit seiner Hand über meinen Rücken. „Darf ich dich eincremen?" Ich kicherte. Wir alberten noch ein bisschen herum, Anders massierte mich mit duftender Körperlotion und strich aufreizend langsam über meinen Rücken. Ich bekam eine Gänsehaut. Zu gerne wäre ich nochmal mit ihm ins Bett gegangen, aber er sah plötzlich auf die Uhr und erschrak. „So spät ist das schon?! Mein Gott, wie lange hab ich wohl an dieser Kasse in dem Laden gestanden! Beeil dich ein bisschen, Armanie und ich sind gleich verabredet! Und ich muss mich auch noch fertig machen." Er schob mich zur Seite.

Etwas enttäuscht ging ich zu meinem Kleiderschrank und überlegte, was ich anziehen sollte. Der Schrank war viel zu klein und ich hatte gar keinen richtigen Überblick über meine Klammotten. Kein Wunder, dass ich nie was zum Anziehen fand. Ich brauchte einen zweiten Schrank. Dann würde ich auch endlich Ordnung halten können! überlegte ich laut. Anders zeigte mir einen Vogel. Ich zog noch einmal Iris' Oberteil und eine enge Jeans an. Anders sagt, in der Jeans sieht mein Hintern aus wie der von JLo, meine Mutter sagt, ich solle mir da bloß nichts einbilden und ich müsse einfach nur zwei Kilo abnehmen. Auch seien so enge Jeans sehr ungesund. Ich betrachtete mich im Spiegel. Wenn ich jetzt noch so etwas wie eine Haarfarbe hätte, wäre alles paletti. Aber Mausbraun ist leider keine Farbe, sondern eine Strafe. „Auf Englisch nennt man das übrigens *dishwater blond* – spülwasser-blond!" musste mich Anders grinsend belehren. Na, vielen Dank! Und mit den beiden Lockenwicklern, die ich noch immer in der Handtasche hatte, kriegte ich auch nicht diese lässigen Wellen hin, die Iris mir vor unserem Restaurant-Besuch ins Haar gezaubert hatte.

Unzufrieden starrte ich mich an. Ich erinnerte mich an diese Tipps aus einer Frauenzeitschrift. Die Haare kopfüber herunterhängen lassen, Haarspray darauf sprühen, lässig mit den Fingern in Form zupfen - und fertig. Ich warf den Kopf zurück und schaute erwartungsvoll in den Spiegel. Sah gar nicht schlecht aus. Meine Haare fielen locker und voluminös. Erfreut trat ich einen Schritt zurück. Als ich gerade überlegte, welches Parfüm wohl am besten passen könnte, merkte ich, wie meine voluminöse Frisur langsam in sich zusammensank. Ich zupfte noch ein wenig. Half aber nichts. Als Anders rief, ich solle mich gefälligst beeilen und immer müsste er auf mich warten, schlüpfte ich hastig in meine Riemchensandalen und griff nach meiner Handtasche. Auf dem Weg nach draußen schaute ich noch einmal kurz in den Flurspiegel. Ich sah aus wie immer, mausig und mit dünnen Haaren – nur, dass sie nicht so fielen wie sonst, weil ich zuviel Haarspray hineingesprüht hatte.

Eine Uni-Party

Als wir vor Armanies Haus oder besser gesagt, vor dem Haus ihrer Eltern, hielten, meinte Anders, ich sollte doch schon mal auf den Rücksitz klettern, dann könnte Armanie gleich einsteigen und wir würden Zeit sparen. Ich fand eigentlich, dass Armanie ruhig nach hinten klettern könnte, immerhin war das mein Auto. (Anders würde hin und ich zurückfahren – so machten wir das meistens). „Wenn du nicht all dein Geld für Zeitschriften und Klamotten ausgeben würdest, könntest du dir ein richtiges Auto kaufen, einen Fünftürer, dann könnte man auch Beifahrer hinten mitnehmen ohne sich schämen zu müssen!" entgegnete Anders von oben herab und fügte noch hinzu, dass es ja peinlich sei, auf dieser mickrigen Rückbank einen Gast Platz nehmen zu lassen. Die Höflichkeit gebühre es, dass ich selbst dort säße. Auf meinen Einwand, wir hätten ja sein Auto nehmen können, schnauzte er ärgerlich, er habe weder vor, sich seinen Wagen von mir zu Schrott fahren noch ihn sich an der Uni klauen zu lassen. Bei meinem Auto wären ein paar Dellen nicht so schlimm und klauen würde das mit Sicherheit keiner. Noch ehe mir eine passende Antwort einfiel, schwebte Armanie graziös aus der Haustür. Sie gab Anders einen Kuss auf die Wange und winkte lässig ein „N'Abend, äh, Gesine!" nach hinten. „Stell dir vor", sagte sie dann zu Anders, „der Holger kommt auch! Den muss ich dir unbedingt zeigen!" Es folgte ein langer Dialog zwischen Anders und Armanie über diesen tollen Holger, von dem ich noch nie gehört hatte, und der mich auch nicht die Bohne interessierte. Wohl wieder einer von den armen Kerlen, die Armanie sich auserwählt hatte. Sie war lange mit so einem Lebenskünstler aus reichem Hause zusammen gewesen, aber irgendwann war es ihr zu wenig geworden. Außer coolen

Locken, coolen Freunden und dem Geld seiner Eltern konnte er ihr nichts bieten und sie hatte ihn abgeschossen. Nachdem Anders sie eine Woche lang getröstet hatte – er hatte praktisch bei ihr *gewohnt*! – hatte sie sich dann einen jungen Doktor aus dem Mittelbau angelacht. Er war ihr treu ergeben, half ihr bei einigen Hausarbeiten, war dann aber aus Karrieregründen in den Osten gezogen. Dort hatte er eine Stelle bekommen und Armanie hatte erklärt, dass Stellen an der Uni absolute Mangelware seien. Sie *freue* sich ja *so* für ihn, dass er es geschafft habe, aber um nichts in der Welt würde sie ihr Studium an dieser Provinz-Uni fortsetzen und für einen Mann ja nun schon gar nicht. Ich habe dann bei Armanies Männern den Faden verloren, es ging mich ja auch nichts an, sie war ja Anders' Freundin und nicht meine. Wenigstens darin waren wir drei uns einig.

So, da waren wir also. Uni Parkplatz. Armanie ließ uns mit ihrem Schlüssel auf den Frauenparkplatz. Da gab es zwar keine Laterne, aber dafür viele freie Parkplätze und günstig gelegen war er auch. Anders zwängte sich in eine winzige Lücke ganz am Anfang und warf mir den Schlüssel zu. Ich bat Armanie auch gleich um diesen Plastik-Schlüssel, damit ich auch bestimmt von diesem Parkplatz wieder herunter kam. Wer wusste schon, ob sie am Ende wieder mit uns nach Hause fahren würde, vielleicht traf sie ihren Traumprinzen Holger und dann standen wir da womöglich. Widerstrebend erklärte sie mir, sie habe 10 Euro Pfand für das Plastikdings zahlen müssen, und eigentlich müsste ich nun auch Pfand an sie zahlen – ich könnte ja den Schlüssel verlieren. Nachdem Anders ihr versichert hatte, dass wir ihr den Schlüssel natürlich bezahlen würden, falls ich ihn „verschlampe", rückte sie ihn endlich heraus. Ich funkelte die beiden wütend an, aber die gingen schon in Richtung Eingang. Armanie hatte Anders sofort untergehakt. Mein fürsorglicher Freund drehte sich nur kurz zu mir um und fragte: „Kommst du jetzt oder was?"

Ich ärgerte mich, dass ich überhaupt mitgegangen war und stiefelte missmutig hinter den beiden her. Neidvoll stellte ich fest, was sie doch für ein schönes Paar abgaben. Schade nur, dass Anders eben mein Freund war! Darauf würde allerdings niemand kommen, der uns drei so ankommen sieht, dachte ich finster und machte, dass ich hinterherkam.

Als wir oben aus dem Fahrstuhl stiegen, dröhnte uns laute Musik entgegen. Die Lautsprecher hatten sicher schon bessere Zeiten gesehen und knarzten entsetzlich. Es war ziemlich verraucht, auf jedem Tisch standen überquellende Aschenbecher herum, leere Flaschen und am Rand war ein Buffet aufgebaut: Chips, Erdnussflips, ein paar tote Frikadellen, Ketchup und Senf, sowie ein Topf mit lauwarmen Würstchen. Die Plastikeimer mit dem Kartoffelsalat zeigten nur noch ein paar kärgliche Reste. Wir holten uns was zu trinken. Zwei Bier und einen Becher mit Cola für mich. Armanie stürzte sich sofort ins Getümmel und zog Anders mit sich. Sicher hatte sie den schönen Holger gesichtet. Ich stellte mich irgendwo an den Rand und versuchte, ein freundliches Gesicht zu machen, so als ob das hier eine super Party wäre. Nur wer Spaß hat, hat eben Spaß. Wer mit langem Gesicht herumsteht, der lernt auch keine neuen Leute kennen, sagte ich mir. Nachdem ich zehn Minuten lang freundlich in die Gegend gelächelt hatte, bis ich fast einen Gesichtskrampf bekam, und meine Cola längst ausgetrunken hatte, beschloss ich, tanzen zu gehen. Dann ging wenigstens die Zeit um und vielleicht traf ich ein paar nette Leute. Alle anderen außer mir schienen sich ja schließlich bestens zu unterhalten. Sei kein Frosch! sagte ich zu mir selber, kannst du dich nicht etwas amüsieren? Kein Wunder, dass Armanie dich langweilig findet! Ich knipste also mein Lächeln wieder an und ging zur Tanzfläche. Die

Musik riss mich zwar nicht vom Hocker, aber wenigstens stand ich nicht mehr dumm herum. Die meisten Leute tanzten in kleinen Gruppen und ich fühlte mich dazwischen etwas verloren, aber tanzte tapfer weiter. Nach einer halben Stunde war ich durchgeschwitzt, fühlte mich aber deutlich wohler. Jetzt brauchte ich noch eine Cola! Kaum hatte ich mich auf eine freie Bank gesetzt, kam auch schon ein Typ zu mir. „Kennen wir uns nicht irgendwo her?" fragte er. „Bist du auch in dem Kant-Seminar?" Ich konnte das mit Sicherheit ausschließen, aber das hinderte ihn nicht daran, mir von diesem sagenhaften Seminar vorzuschwärmen. Er heiße übrigens Benedikt und Kant hätte ihm ja so viel gegeben.

„Und was studierst du?" fragte er schließlich. Ich erzählte ihm, dass ich im Büro arbeite, in einem mittelständischen Unternehmen, dass mein Freund Jura studiert und eine Bekannte von ihm Philosophie. Eben die hätte uns eingeladen. Sein Interesse nahm deutlich ab. Als er dann aber hörte, dass ich quasi mit Armanie hier war, flammte es gleich wieder auf. „Ach, die Armanie? Die kenne ich, die war letztes Semester auch bei Hegel. Eine tolle Frau, wo hast du sie denn gelassen?" Er sah sich suchend um. Schließlich entdeckte er sie und meinte, nun müssten wir aber wirklich auch da hingehen und warum ich hier überhaupt allein sitze, wo ich doch so nette Leute kennen würde. Er schleppte mich mit. „Ach, hallo, wo hast du gesteckt?" fragte mich Anders, der gerade mit zwei Bier für sich und Armanie ankam. Noch ehe ich ihm erzählen konnte, dass ich tanzen war, war er schon wieder in ein Gespräch über Familienrecht vertieft - mit einer Studentin, die ich nicht kannte, die aber wohl auch Jura als Fach hatte. Sie stritten sich über die Rechtslage von geschiedenen Vätern. Benedikt hatte Armanie und dem Rest der Runde auch von diesem inspirierenden Kant-Seminar vorgeschwärmt und auch

Armanie war der Ansicht, dass Kant ja sehr spannend sei, zeitlos modern, und das sei überhaupt ein Merkmal für alle guten Philosophen. Das habe schon für die griechische und römische Antike gegolten. Auch Epikur habe schon ganz faszinierende Ansichten über das Leben gehabt, und Platon erst! Ja, pflichtete Benedikt ihr sofort bei, also Platon sei auch total faszinierend gewesen. Aber die antiken Philosophen hätten sich doch in einem recht begrenzten Rahmen bewegt. „Erst Kant hat da ganz neue Dimensionen entdeckt!" Ich gähnte. Nie wieder würde ich auf eine Uni-Party gehen. Und schon gar nicht zu den Geisteswissenschaftlern. Jetzt klinkte sich ein ganz normal aussehender Typ ein, der sich dann aber als Altphilologe vorstellte, und der nun entschieden protestieren musste, gegen den angeblich begrenzten Horizont von Platon und den der antiken Philosophen. „Was da vorgedacht worden ist! Ohne das wäre doch die moderne Philosophie gar nicht zu denken!" Auch Kants Gedanken könnte man gar nicht denken, geradezu undenkbar sei das, wenn in der Antike nicht schon alles einmal gedacht worden wäre. Das sei genau wie in Platons Ideenlehre, und auch Philosophie an sich basiere auf Ideen, die in der Antike schon geschaut worden seien. Benedikt meinte aber, er habe die Ideenlehre immer ganz anders verstanden, und die Philosophie selbst wäre nach Platon ja gar keine Idee. Eine angeregte Diskussion entspann sich und ich drehte mich nun endgültig zu Anders um. Dann wollte ich schon lieber über Familienrecht diskutieren. Über die Rechte unverheirateter Väter hatte ich wenigstens eine Meinung! Aber Anders und diese Tusse waren mittlerweile in einem Paragraphen-Dschungel angekommen und ich hatte die Nase voll. Ich ging also wieder tanzen.

Irgendwann schwebte Armanie auch auf die Tanzfläche. Selbst angetrunken konnte die Frau tanzen wie ein Engel. Ich starrte sie neidvoll an und merkte, dass ich aus dem Rhythmus kam. Da kam ein recht netter Typ auf die Tanzfläche. „Uhhh, hallo Holger!" zirpte Armanie. Holger grinste freundlich in die Runde und nickte mir zu. Ich strahlte ihn begeistert an, freudig überrascht, dass er mich überhaupt zur Kenntnis genommen hatte. Auch Armanie schien davon überrascht zu sein und nahm Holger gleich in Beschlag. So wie sie ihn antanzte, nahm ich an, dass wir heute nur zu zweit nach Hause fahren würden, Anders und ich. Ich beschloss, meinen Freund mal zu suchen und ihn zu fragen, ob wir nicht schon fahren wollten. Armanie hatte ja vermutlich andere Pläne.

Als wir dann endlich im Auto saßen und ich gerade fahren wollte, ging Anders' Handy. „Warte mal, das ist Armanie", sagte er und lauschte in sein Telefon. Er telefonierte tatsächlich noch einmal fünf Minuten mit ihr, als hätten sie sich ewig nicht gesehen. Ich seufzte. „Was seufzt du denn?" fragte er gereizt, nachdem er endlich aufgelegt hatte. „Was machst du überhaupt für ein Gesicht? Das war doch eine total nette Party! Richtig super! Du hast ja die ganze Zeit nur getanzt!" Überhaupt seien alle so nett gewesen und mich hätten sie auch *total* nett gefunden. Leider wäre ich aber offensichtlich nicht so offen mit anderen, und es sei für alle schwer, sich mit mir zu unterhalten. Das hätte auch der Benedikt gemeint und warum ich immer so schwierig sei. Wir stritten die ganze Fahrt, bis wir zu Hause waren.

Spaziergang am See

Als ich am Sonntag aufwachte schnarchte Anders noch. Die Sonne schien herein, der Himmel leuchtete blau und ich hatte das Gefühl, dass das noch ein richtig netter Tag werden würde.

„Hey, du Morgenmuffel!" Ich knuffte Anders in die Seite. „Mach mal die Augen auf, es ist ganz toll draußen!" Am liebsten hätte ich schnell gefrühstückt und hätte dann erst mal einen langen Spaziergang gemacht. Anders grunzte und kniepte endlich ein Auge auf. „Lass mich schlafen!" murrte er. „Sollen wir nicht die Rollerblades nehmen und ein bisschen um den See fahren?" fragte ich. „Boh, da ist einmal Sonntag, *einmal* kann ich ausschlafen und da musst du so'nen Terror machen!" Er zog sich die Decke über die Ohren und drehte mir den Rücken zu. „Jetzt komm schon!" bettelte ich, etwas verwundert über seinen giftigen Ton. Ob er noch sauer war wegen gestern? Welchen Grund hatte *er* eigentlich überhaupt, sauer zu sein?! Ärgerlich schlug ich meine Decke zurück und stand auf. Ich wühlte in meinem Schrank nach einem bequemen Sweat-Shirt. „Geh ich eben allein rollerbladen!" Knall!! Mein linker Skate-Schuh war mir auf den Fuß gefallen. „Aua!" Vor Schmerz hüpfte ich auf einem Bein. Anders setzte sich wütend im Bett auf. „Hast du es jetzt endlich geschafft, dass ich nicht mehr schlafen kann!" motzte er. „Erst zickst du gestern den ganzen Abend 'rum und willst dich mit keinem unterhalten und jetzt schlägst du hier einen Krach! Sowas von rücksichtslos bist du!" Er attackierte wütend sein Kissen, drehte sich mit Schwung wieder um und vergrub sich unter der Decke.

Am liebsten hätte ich ihm die Rollerblades um die Ohren gehauen. Ich schnappte mir den Pulli und meine Sporttasche, verzichtete auf's Frühstück und machte, dass ich raus kam. Mit meinem Auto waren es nur wenige Minuten hinunter bis zum See hinunter, und ich war fest entschlossen, mir von diesem Ekel nicht den Tag verderben zu lassen.

Der Parkplatz war voll. Nach elend langem Suchen fand ich endlich eine kleine Lücke in einem der hintersten Winkel.

Nach einer viertel Stunde war ich fertig. Nicht, weil ich eine so miserable Kondition hätte, oh nein, aber welcher normale Mensch geht an einem Sonntagvormittag zum Skaten an den See? Ich konnte nicht bei Trost gewesen sein! Kinder auf Fahrrädern mit Stützrädern, Papi zur linken, Mama zur rechten, blockieren den Weg. Zehn Meter weiter führte jemand seine drei Hunde spazieren – natürlich ordnungsgemäß an der Leine! Vor lauter Leinen musste man aufpassen, dass man nicht fiel. Ein Rentner-Ehepaar hatte sich ebenfalls auf den Radweg verirrt und schlich, in identischen Kaffeeladen-Jogginganzügen gemütlich dahin und blieb hier und da stehen, um das Panorama zu bewundern. „Ach schau, Helmuth, ist das schön!" strahlte die Frau und sie und ihr Helmuth schauten beseelt über den See. „Gell, ist doch toll, so um den See zu walken, was?" fragte sie noch und Helmuth nickte zustimmend.

Ich überholte die beiden und konnte nun endlich etwas fahren. Aber es sollte einfach nicht sein. Ein Hindernis nach dem anderen, ein Dackel lief laut kläffend neben mir her, von einem Besitzer keine Spur. „Hunde müssen Sie anleinen!" giftete mich ein Radfahrer an, der in halsbrecherischem Tempo im Slalom um die Spaziergänger herum fuhr. Das reichte!

Als ich mich gefrustet zurück zu meinem Auto aufmachte, kam ich an dem Ehepaar mit den Jogginganzügen vorbei, die auf einer Bank saßen und immer noch über den See blicken. Sie hielten sich im Arm und sahen sehr zufrieden aus.

Wütend und auch ein bisschen nachdenklich ging ich zurück zum Auto. „Genau so will es auch mal haben, wenn ich alt bin", dachte ich. „Ein Partner, der mit mir spazieren geht, mich immer noch an der Hand hält und der mir zuliebe sogar einen solch grässlichen Jogging-Anzug trägt!" Ich versuchte, mir Anders und mich in 40 Jahren vorzustellen, schaffte es aber auf meiner Fantasie-Reise nicht einmal bis zu der Szene am See. Bereits die Vorstellung, wie Anders den Jogging-Anzug aus dem Kaffeeladen auspackt, machte der Harmonie ein Ende. „Du bist wohl nicht bei Trost!" hörte ich ihn förmlich schreien. „Du erwartest doch nicht im Ernst, dass ich sowas anziehe?! Armanie lacht sich tot, wenn sie mich in dem Ding sieht! Ist der von Tschibo?" Naja, und was Anders von sonntäglichen Spaziergängen hielt, das hatte ich ja nun heute schon erlebt. Es war wohl nicht anzunehmen, dass er im Alter viel motivierter sein würde.

Plus-Minus

Als ich wieder nach Hause kam, war Anders ausgeflogen. Ich überlegte kurz, ob ich Iris anrufen sollte. Dann verwarf ich den Gedanken. Du kannst nicht jeden Tag Iris nerven, dachte ich. Irgendwann geht ihr das Theater sicher total auf den Geist. Ich an ihrer Stelle... Tja – was würde ich an ihrer Stelle wohl sagen? Wenn ich ganz ehrlich sein sollte – ich würde mir raten, mal genau darüber nachzudenken, was mir an dieser Beziehung eigentlich noch liegt. Warum bist du noch gleich mit diesem Typen zusammen? hörte ich Iris in meinem Kopf fragen. Ja, warum eigentlich? Ich machte mir eine große Kanne Eis-Tee aus abgekühltem Erdbeer-Sahne-Tee und Pfirsichsaft und schmierte mir einen Marmeladentoast. Dann schnappte ich mir einen Zettel und einen Kuli. Ich malte ein Plus und ein Minuszeichen auf das Blatt und fing an, zu schreiben. Als ich erst einmal angefangen hatte, fiel mir eine ganze Menge ein, zu Anders und unserer Beziehung. Ich hatte mit positiven Argumenten angefangen (Sicherheit, kann sehr lieb sein, guter Sex, keine nervige Suche nach dem „Richtigen" mehr) und mir dann von der Seele geschrieben, was mich alles stört. Immer mehr fiel mir ein und ich ärgerte mich, dass ich so großzügig mit dem Platz auf dem Papier umgegangen war. Hättest du doch nur etwas kleiner geschrieben!, dachte ich und nahm ein zweites Blatt. Mir war wirklich eine Menge eingefallen! Ehrlicherweise musste ich den „guten Sex" aber in Klammern setzen, denn in letzter Zeit hatten wir da beide wenig Lust zu gehabt. „Kann sehr lieb sein", las ich meine eigene Schrift und lachte trocken. *Kann, ist* er aber meist nicht! Ich setzte auch das in Klammern und musste mir eingestehen, dass nicht viele überzeugende Argumente überblieben. Ich kaute an meinem Toast. Während ich noch auf die Tabelle starrte, ging das Telefon.

„Hallo, Süße! Na, wie war eure Party gestern? Stör ich dich gerade?" Ich musste lächeln. „Hallo, Iris. Schön, dass du anrufst. Hatte auch schon überlegt, ob ich dich anrufen soll..." „Und warum haste nicht?" wollte meine Freundin sofort wissen. „Was ist denn los, du klingst so komisch! War scheiße, die Party, oder was? Oder sitzt Anders neben dir?" Ich schluckte meinen Toast runter. „Nee, nee, der ist weg. Also, ich meine, ich weiß nicht, wo der hin ist." Ich starrte immer noch auf den Zettel und überlegte, ob es nicht eigentlich auch wurscht war, wo er war und ob er wieder kommt. „Ach, Iris, irgendwie ist das doch alles Mist mit Anders. Die Party gestern war ein völliger Reinfall, alle fanden es natürlich toll, nur ich bin mir vorgekommen wie der letzte Partymuffel. Bin ich eigentlich echt so schlimm?" Ich fing an, mir etwas Leid zu tun. „Was ist denn mit dir los? Habt ihr euch gestritten?" Iris klang etwas ratlos am anderen Ende der Leitung. „Ach nein, also ja, schon, aber irgendwie... Ich hab eben so über alles `mal nachgedacht und eigentlich streiten wir uns so oft und ich fühl mich immer so blöd..." Iris unterbrach mich ärgerlich. „Warum bist du überhaupt mit diesem Typen zusammen?" fragte sie mich. Ich lachte trocken auf. „Ich wusste, dass du das fragen würdest. Deswegen hab ich mich ja auch hingesetzt..." Ich schluckte. „Und ich hab pro- und contra-Argumente aufgeschrieben..." Jetzt musste ich doch heulen. „Und?" fragte Iris vorsichtig. „Ach, eigentlich sind es jetzt nur negative Sachen!" schluchzte ich. „Erst hatte ich vier positive, aber jetzt, wo ich nachgedacht hab, sind es bloß noch zwei und die sind eigentlich auch nicht so toll!" Ich konnte nicht mehr weitersprechen. „Willst du herkommen? Bleib doch einfach über Nacht hier! Dann kannst du dich

richtig ausquatschen. Und deine Liste bringst du auch mit!"
Iris hatte Recht. „Hmm", machte ich zustimmend. „Ja, gut.
Also, ich pack jetzt meine Tasche und dann komm ich
gleich." „Mach das! Bis gleich!" Ich bekam noch einen
Schmatz durchs Telefon.

Ein wenig getröstet packte ich meinen Kram zusammen und
schrieb Anders einen Zettel: Bin über Nacht bei Iris. Bis
morgen, Gesine.

Ich legte den Zettel auf den Küchentisch und wollte den
Eistee in den Kühlschrank stellen. Anders trinkt den
bestimmt auch gern, dachte ich und stutzte dann. Ich schob
schmollend die Unterlippe vor.

Nach einer Viertelstunde hatte ich dann endlich die
Saftkanne gefunden, die meine Mutter mal für mich auf
einer Tupperparty gekauft hatte. Ich füllte den Eistee ab und
packte ihn zufrieden in meine Tasche. Jetzt aber los, bevor
Anders nach Hause kam. An der Tür drehte ich mich
nochmal um. Bestimmt würde Anders die Marmelade
aufessen, wenn ich sie hier ließ. Bepackt mit Tee, Marmelade
und Keksen verließ ich schließlich das Haus.

Iris hatte natürlich auch schon Eistee gemacht und ganz
viele kleine Schnittchen. Wir hockten uns auf ihren winzigen
Balkon und diskutierten erstmal meine Liste. Ich wusste ja,
dass sie oft skeptisch war, was meine Beziehung zu Anders
anging, aber sie sagte nie, „dann schieß ihn doch endlich
ab!" oder sowas.

Als ich mich abends auf ihrer Couch zusammenrollte (ich
schlafe immer in Embryonalstellung, meine Frauenzeitschrift
behauptet, dass das heißt, ich sei sicherheitsbedürftig),
dachte ich noch lange über unser Gespräch nach. Viele
meiner Minus-Punkte hatte Iris angezweifelt und mich
gefragt, ob ich nicht ein wenig übertriebene Forderungen
stellte, den perfekten Mann gebe es natürlich nicht. Da hatte

sie nun wahrlich Recht. Vielleicht regte ich mich viel zu sehr über Kleinigkeiten auf? „Du kannst doch deine Beziehung nicht davon abhängig machen, ob Anders in vierzig Jahren mit dir in einem Jogginganzug um den See läuft!" hatte Iris gemeint. „Und wenn du sagst, dass die Suche nach dem Richtigen für dich ein Ende hat, dann ist das doch ein ganz wichtiges Argument! Auch wenn es nur eins ist!" Sie hatte mich in den Arm genommen und gedrückt. „Ich kann dir auch nicht sagen, ob die Beziehung für dich das Richtige ist, das musst du schon selbst wissen! Manchmal denke ich ja schon, dass ihr zwei nicht gerade das perfekte Paar seid. Aber andererseits... Bei mir und Lukas haben immer alle gedacht, wir passen perfekt zusammen und dann hat es doch nicht funktioniert. Und ich frage mich schon manchmal, ob ich nicht einfach zu viel von ihm erwartet hab..."

Ich kuschelte mich in die Decke. Iris jammerte eigentlich nie darüber, dass sie jetzt schon so lange solo war, ich aber hatte einen Freund und heulte ihr ständig die Ohren voll. Manchmal war ich doch ziemlich egoistisch. Und trotzdem glaubte ich nicht, dass ich ein schlechtes Gewissen haben musste. Auch war ich mir sicher, dass Iris mir das nie übel genommen hatte. Was stand da letztens noch auf diesen bedruckten Servietten in dem tollen Geschenke-Laden? „Freunde sind Menschen, die uns kennen, und trotzdem zu uns halten." Tja, so war das wohl.

War das etwa auch mein Problem mit Anders? Vielleicht erwartete ich einfach zu viel? Oder war ich einfach nicht kompromissbereit genug? Beruhigt und voller guter Vorsätze schlief ich schließlich ein.

Als ich am nächsten Morgen zum Büro ging, kam ich an einem Kiosk vorbei und kaufte mir erst einmal eine neue Zeitschrift, die mir das Geheimnis der inneren Zufriedenheit versprach. Leider kam ich erst in der Mittagspause dazu, sie zu lesen. Das Fazit war überzeugend: „Seien Sie großzügig und wohlwollend zu sich selbst, und Sie werden auch wieder in der Lage sein, großzügig zu anderen zu sein! Gönnen Sie sich selbst, dann können Sie auch ihren Mitmenschen etwas gönnen!" Na klar! Dass ich da nicht selbst drauf gekommen war! Was mir fehlte und was der Grund für meinen Stress mit Anders war, das war doch offensichtlich! Ich machte gleich einen Termin beim Friseur, meldete mich zu einer Wellness-Behandlung im Hotel am See an und nahm mir vor, mit Iris shoppen zu gehen.

Wellness für Körper und Seele

Als Anders abends nach Hause kam, hatte ich schön für uns gekocht. Ich verkündete ihm, dass ich eingesehen hätte, dass ich viel zu hohe Forderungen an ihn stellen würde und nicht großzügig genug wäre – und dass das nur daran lag, dass ich nicht großzügig mit mir selbst war. Als ich ihn dann fragte, ob er mit zu dieser Wellness-Behandlung wollte (da gibt es ganz tolle Angebote für Männer!), fiel er fast vom Stuhl. „Ich hab zwar keine Ahnung, wovon du redest, aber wenn es dich glücklich macht, dann geh du mal." Er griff nach dem Prospekt, das ich mitgebracht hatte und blickte entsetzt auf das Bild im Innenteil. „Wenn du allen Ernstes meinst, ich gebe hunderte von Euros aus, damit mich so eine Schwuchtel mit flüssiger Schokolade einpinselt, oder wie auch immer ich mir das vorstellen soll, dann bist du jedenfalls schief gewickelt!" „Das ist eine Öl-Massage, da auf dem Bild! Die Schokolade ist doch für die Gesichtsbehandlung! Hach, das wird bestimmt ganz toll!" Anders musste grinsen. „Ich würde höchstens mitkommen, um ein paar Fotos von dir zu machen, wie sie dich gerade mit dieser braunen Pampe einschmieren!" „Untersteh dich! Du kannst mich fotografieren, wenn ich zurückkomme – entspannt und schön!" Ich lehnte mich zurück. „Wenn du siehst, wie gut das tut, wirst du beim nächsten Mal bestimmt mitwollen!"

Ich hatte mir den Termin auf Samstagvormittag gelegt. Ich freute mich wie ein Schneekönig darauf. Bei der Anmeldung in dem Hotel war schon alles so vornehm und vermittelte dem Besucher das Gefühl von Luxus. Die Angestellten waren schon alle so schön! Die Schokoladenbehandlung musste mich allerdings verkneifen, die wäre super-teuer gewesen. Es sollte aber bloß keiner meinen, ich hätte es nötig! Daher habe ich mir extra den Friseur-Termin auf Samstag morgen gelegt, damit ich gleich einen guten Eindruck machte, wenn ich in dieses teure Hotel kam. Auf gar keinen Fall wollte ich, dass meine Haare wieder so mausig aussahen und traurig herunter hingen. Die Friseurin war genau instruiert und föhnte mein Haar zu einer imposanten Wolke. Ich schwebte aus dem Salon und wusste, dass ich das richtige getan hatte. Schon jetzt fühlte ich mich wie im siebten Himmel, wie würde es erst sein, wenn ich die Wellness-Behandlung hinter mir hatte? Anders würde beeindruckt sein und wir würden einen wundervollen Abend haben! Ich schwamm in Seligkeit und machte mich auf den Weg in das Hotel.

Die Dame bei der Anmeldung lächelte, als sie mich sah. Ich strahlte zurück. Sie versorgte mich mit einem Gläschen Sekt und brachte mir ein Handtuch für später. Ich hatte eine Kopfbehandlung gebucht, mit Massage und Gesichtsbehandlung. Wozu ich das Handtuch brauchen würde, wusste ich zwar nicht so genau, aber ich wollte nicht fragen. Es sollte nicht so aussehen, als hätte ich keine Ahnung. Voller Vorfreude auf all die vielen Dinge, die mich erwarteten, nahm ich das riesige Handtuch entgegen und wartete.

Endlich – mein Sektglas war schon leer – kam eine Blondierte mit Sauerkraut-Locken. Sie sah eigentlich nicht so aus, als ob sie in einem Schönheitssalon arbeiten würde. Aber nun ja, erst mal abwarten. Sie plapperte auf mich ein und schob mich energisch in einen Friseurstuhl. Dann richtete sie einen heißen Dampfstrahl auf mein Gesicht und erklärte, wir würden jetzt erstmal meine Poren öffnen. Ich sollte mein Gesicht bitte immer schön in den Dampf halten und sie käme dann gleich. Da hockte ich also und fing langsam an zu schwitzen. Als sie endlich, nach gefühlten fünf Stunden, wieder kam, war mir der Schweiß schon quer über den Kopf gelaufen und in das Handtuch gesickert, das da wohlweislich lag. Dafür war das also!

Bewaffnet mit einer Nadel machte sich die Blondierte nun ans Werk. „Ihre Haut ist sehr grobporig", erklärte sie mir. „Ich versuche mal, ein paar von diesen Mitessern herauszubekommen." Sie quetschte an mir herum und ab und zu zupfte sie mit der Nadel meine armen groben Poren auf. Die Nadel war im Übrigen das geringste Problem. Aber dieses Quetschen! Ich hatte immer angenommen, das Waxen der Bikinizone sei schmerzhaft gewesen, aber das war dagegen ein Strandspaziergang. Die drückte an meiner Nase herum, dass ich mich kaum traute, mir vorzustellen, wie ich aussehen würde, wenn sie mit mir fertig war. Endlich! Stolz reichte mir die Sauerkraut-Gelockte einen Handspiegel. Mein Gesicht war vom Heulen und Quetschen rot verquollen. Ich war fassungslos. „Ja, das ist schon ein Unterschied, was?" Mit spitzen Fingern hielt sie mir ein Papiertuch hin, in dem lauter unappetitliche Krümelchen klebten. „Das habe ich alles daraus geholt! Da staunen Sie, was!" Vor Staunen in der Tat sprachlos sank ich wieder in meinen Stuhl zurück. „Ja, so ist's recht, jetzt fange ich mit der Kopfmassage an, da können Sie so richtig entspannen!" Sie drückte meinen Kopf nach hinten, so wie ich es vom Friseur kannte und verlangte, ich solle die Augen schließen. Es war angenehm warm und im Hintergrund lief leise eine schöne Entspannungsmusik, bestimmt aus Tibet oder so – bisher hatte ich sie wohl nicht gehört, weil die Blondierte immer so viel gequasselt hatte. Ich lehnte mich seufzend zurück. „Wer schön sein will, muss leiden!" dachte ich. Bestimmt würde die Rötung gleich zurück gehen und ich konnte relaxt und schön nach Hause gehen. Jetzt kam ja erst der eigentlich entspannende Teil. Ich hatte gerade fertig gedacht, da wurde mir heißes Öl über die Stirn gekippt. Vor Schreck riss ich die Augen auf. Energisch

drückte die Sauerkraut-Gelockte mich wieder in meinen Stuhl. „Schön die Augen schließen, sonst kriegen Sie Öl hinein! Von der Massage werden Sie gar nicht genug kriegen wollen!" Sie ließ das Öl schön langsam in mein einst wohlfrisiertes Haar laufen. Ich war einer Ohnmacht nahe. Dann fing sie an, mit spitzen Fingernägeln auf meinem Kopf herum zu kratzen. Das tat nicht nur weh, es gab dem, was von meiner schönen Frisur übrig geblieben war, sicher den Rest. Ich stöhnte. „Ja, das ist gut, was?" fragte sie mich. „Es gibt doch nichts Besseres als eine Kopfmassage!" Bestärkt in der Annahme, wie gut mir das tat, kratzte sie noch ein wenig fester auf meinem gepiesackten Kopf herum. Langsam kamen mir Zweifel, ob ich hier wohl jemals wieder heil herauskommen würde. Schließlich schaute sie auf die Uhr. Hoffnungsvoll blickte ich zu ihr hoch. „Ja, ich weiß, man wünscht sich, es würde nie enden, nicht wahr? Aber leider wartet die nächste Kundin auf mich!" Sie drückte mir das Handtuch in die Hand und lächelte mich an. „War nett, mit Ihnen zu plaudern, bis zum nächsten Mal!" Damit schob sie mich zur Tür hinaus in den Vorraum, wo meine Jacke auf mich wartete. Starr vor Schreck stierte ich in den Spiegel, der dort hing. Mein Gesicht sah aus, als hätte mich jemand gefoltert. Das sollte meine Nase sein? Sie war rot wie eine Kirsche, allerdings um einiges größer. Meine Haare hingen ölig und strähnig an meinem gefleckten Gesicht herunter – ich sah zum Fürchten aus. Und ich hatte nicht einmal einen Hut oder eine Mütze dabei! Es war ja Spätsommer!
Den Tränen nahe und zutiefst gedemütigt floh ich nach Hause.

Anders hatte, wie angekündigt, einen Fotoapparat bereit gelegt und eine Flasche Sekt kaltgestellt. Er war so sprachlos, als er mich sah, dass er zuerst vergaß, ein Foto zu machen. „Bist du unter die Hottentotten gefallen?" Ich kämpfte mit

47

den Tränen. „Wenn du wüsstest, wie diese blöde Kuh mich malträtiert hat! Und das hat so viel Geld gekostet! Und der Friseurbesuch!" „Du willst mir doch nicht erzählen, dass du vorher beim Friseur warst?!" Ich nickte traurig. Anders heulte nun auch. Allerdings nicht vor Mitgefühl, wie man es hätte erwarten können, sondern über meine Blödheit und wohl auch darüber, wie ich aussah. Das Foto machte er natürlich doch noch. Er hatte es mir ja fest versprochen.

Kuchen bei Kannenbäckers

Es war mal wieder ein Treffen mit Iris im Sahneschnittchen fällig. Ich war etwas zu früh und hatte mich bereits in unseren kleinen Erker verkrochen. Die Spätsommer-Sonne schien herein und ich wartete auf Iris. Wie sehr liebte ich dieses Café! Frau Kannenbäcker war eine rundliche, freundliche, ältere Dame, die das Café gemeinsam mit ihrem Mann Wilbert führte, der – nebenbei bemerkt – auch rundlich und freundlich war. Sie backte ihren Kuchen grundsätzlich selbst. Der Hauskuchen war ein riesiger Marmorkuchen, in dem außer viel Liebe auch noch viel Nutella und Liselotte Kannenbäckers bester Eierlikör steckten. Sie schnitt ihn in großen Scheiben herunter und er schmeckte einfach köstlich saftig. Die Scones waren aber auch gut. Das sind englische Teebrötchen, und von Tee samt Beilagen verstehen die Briten schon was. Kannenbäckers hatten von ihrem Sohn vor ein paar Jahren einen England-Urlaub aufgeschwatzt bekommen und waren tapfer losgezogen, die Insel zu erkunden. Sie sprachen beide kaum Englisch, musste man wissen. Herr Kannenbäcker schwelgte immer noch in Erinnerungen an Yorkshires grüne Wiesen mit kleinen Schäfchen, einem blauen Himmel mit weißen Wattewölkchen und viel mehr Sonnenschein, als er erwartet hatte. Seine Frau war mit roten Bäckchen und einem Stapel englischer Rezepte wiedergekommen, die z.T. ihr Sohn und z.T. das Stammpublikum (also wir!) für sie übersetzt hatten. Die Scones jedenfalls sind eins davon. Dazu gab es einen dicken Klecks Butter und natürlich leckere Marmelade – vorzugsweise Himbeer-Apfel-mit Zimt, meiner Meinung nach.
Okay, ich würde also Scones essen. Und was wollte ich trinken? Tee oder Kaffee, Eistee oder ein heißes

Pfläumchen? Das mochte ich besonders gern, aber eigentlich war das ja eher ein Wintergetränk: heißer Pflaumennektar mit einem Schuss Pflaumenlikör, Sahnehäubchen, mit Zimt bestäubt. Während ich noch überlegte, kam Iris hereingestürmt. Sie setzte sich neben mich und wir bestellten zweimal Scones und eine Kanne schwarzen Tee mit Milch und Zucker.

„Jetzt erzähl mal! Wie war's?", fragte Iris neugierig. „Ich hab ja schon überlegt, ob das nicht ein tolles Geburtstagsgeschenk für meine Mutter wäre!" „Vergiss es." Ich schaute sie desillusioniert an. „Du ahnst ja nicht, wie grässlich es war. Keine zehn Pferde kriegen mich jemals wieder in eine Wellness-Behandlung!" Iris klappte der Unterkiefer herunter. „Willst du mich verkohlen?" Also erzählte ich. Diesmal war ich etwas gefasster. Ein bisschen komisch war es ja schon, so im Nachhinein betrachtet. Ich hatte das Foto, das Anders von mir gemacht hatte, ausgedruckt und hielt es ihr unter die Nase. „Da. Das war das Resultat. Kannst du dir vorstellen, wie ich nach Hause geschlichen bin? Wie ein geprügelter Hund! Etwas glanzvoller hatte ich mir das Ganze schon vorgestellt!" Iris kicherte erst und prustete dann laut los, als sie das Foto sah. „Dabei war das so teuer!" jammerte ich. „Naja, ein bisschen fleckig siehst du tatsächlich immer noch aus!" Sie sah prüfend von mir auf das Bild und zurück. „Also ich sehe schon, als Geschenk für meine Mutter brauche ich was anderes." Iris gab mir das Foto zurück. „Vielleicht lieber eine Rücken-Massage", schlug ich vor. „Dabei kann etwas Öl ja nicht schaden. Aber diese Fingernägel! Entsetzlich!" Ich bedauerte, von der Sauerkraut-Gelockten kein Bild gemacht zu haben. Der Anschaulichkeit halber kratzte ich ein bisschen in Iris Haaren herum. „Du musst dir jetzt nur die Fingernägel etwas spitzer vorstellen!" „Hihi, wenn die meiner Mutter damit den Rücken zerkratzt, denkt mein Vater, sie war in einem SM-Club."

„Wie war denn dein Wochenende?" fragte ich meine Freundin. „Ich hatte auch Lust auf etwas Wellness. Nadja meinte dann, wir könnten ja in die Sauna gehen." Nadja ist Iris' große Schwester. „Sie hatte noch einen Gutschein aus so einem Restaurant-Buch, der gilt nur im Sommer, weil da wahrscheinlich sowieso keiner in die Sauna geht und damit kann man einen Eintritt sparen. Also sind wir in diese Sauna-Oase gegangen. War echt prima!" „Sauna im Sommer?" fragte ich skeptisch. „Hab ich auch erst gedacht, aber das ist sowas von entspannend! Und du kannst dich schön auf der Liege in der Sonne aalen und ein bisschen lesen, zwischen den Saunagängen!" Herr Kannenbäcker segelte mit den Scones und der Marmelade auf uns zu. Vorsichtig lächelte er mich an, offenbar erleichtert, dass ich nicht wieder heulte. Ich präparierte mein Teebrötchen mit Butter und Marmelade. Iris schenkte uns Tee ein. „Ich hätte lieber mit euch in die Sauna gehen sollen", murrte ich. „Da hätte ich bestimmt mehr Entspannung gehabt! Und billiger wär's auch gewesen. Schenk deiner Mutter lieber einen Tag in der Sauna." Iris riss die Augen auf. „Gesinchen, das ist es! Tolle Idee! Natürlich mit mir! Da beschenke ich mich doch gleich mit! Da hätte ich auch selbst drauf kommen können." Ich überlegte laut, wen ich damit beglücken könnte. Anders hatte leider schon Geburtstag gehabt, vor einem Monat. Meine Eltern kamen auch nicht in Frage. Iris betrachtete ihre Fingernägel. „Ich habe in ein paar Wochen Geburtstag", sagte sie bescheiden. Ich starrte sie an. „Ja, aber das wäre jetzt nicht gerade sehr originell, wenn ich dir das schenke, oder?" „Muss ja auch nicht originell sein! Hauptsache, es ist schön!" Sie grinste. „Ich werde da noch Stammkundin!" Ich freute mich. „Super, das machen wir! Dann kann ich mich von dieser strapaziösen Wellness-Behandlung erholen!"

51

„Feierst du eigentlich?" wollte ich dann wissen. „Mal sehen. Eigentlich müsste ich das mal wieder tun. Man kann ja nicht immer nur zu den Einladungen anderer Leute gehen und selbst nie etwas machen. Aber so richtig Lust hab ich nicht." „Hast du schon mal überlegt, wen du alles einladen würdest? Wie viele wären es denn überhaupt?" Iris nickte. „Hab ich. Also ich denke, es wäre wohl so ca. 35 Leute, wenn alle kommen. Aber es können ja nie alle, also wohl eher so 25. Das wird ganz schon eng in meiner Wohnung." Einen Raum mieten kam natürlich nicht in Frage, das war klar. „Naja, wenn wir das Essen in der Küche aufbauen und ein paar Steh-Tische in den Flur stellen... Viel Platz habe ich ja nicht. Aber das könnte schon passen." Ich rechnete die Sitzplätze durch. „Auf das Sofa passen drei, an deinen Tisch passen sechs, wenn wir noch ein paar Stühle auftreiben auch mehr. Mit dicken Sitzkissen können einige Gäste auf dem Boden sitzen und am Couchtisch essen. Aber mehr als 15 Leute kriegen wir nicht ins Wohnzimmer." „Ich finde 15 schon ganz schön optimistisch", meinte Iris. „Naja, ich dachte, ein paar sind ja immer gerade am Büffet..." Wir lachten. „Okay, dann noch welche in den Flur an die Stehtische... ach, irgendwie geht das schon!" Iris kicherte. „Klar, einer kann ja noch auf dem Klo sitzen, und einer in der Badewanne..." Ich prustete. Gut dass Anders nicht hier war. Der hätte schon mit einem Kuli einen genauen Lageplan der Wohnung auf seine Serviette gemalt und maßstabsgetreue Gäste eingezeichnet. Niemals wäre er auf 25 Personen gekommen. Wir fingen an, das Essen zu planen. „Also", meinte Iris, „wir brauchen zwei verschiedene warme Gerichte, ein paar Salate und ein paar Dips." „Ja, und dazu Brot und Gemüsesticks." Wir entschieden uns in jedem Fall für einen gemischten Partytopf mit allerlei bunten Zutaten und eine große Schüssel Nudelsalat mit kleinen Tomaten. Was den Rest anging, so mussten erst noch ein paar Kochbücher gewälzt und das Internet durchforstet werden. „Und Nachtisch? Brauchen wir nicht noch was Süßes?" Ich brauchte auf jeden Fall noch was Süßes! Ohne Dessert ist doch jedes Essen nur die Hälfte wert! Frau Kannenbäcker brachte uns frischen Tee. „Kinder", meinte sie, „das, was ihr da plant, reicht ja für 40 Personen! Macht man zwei kleine Salate zu eurem Essen und nicht zu viel nebenbei. Kommen denn mehr Männer oder mehr Frauen?" Wir staunten sie an. „Na, wenn ihr 25 echte Männer versorgen wollt, dann passt das vielleicht schon. Aber diese jungen Mädchen..." Sie blickte vielsagend an uns herunter. „Ihr esst ja doch alle wie die Vögelchen. Da braucht man dann nicht solche Mengen." Sie nickte uns nochmal zu und verschwand wieder in ihrer Küche.

„Zum Nachtisch gibt es Vanille-Eis mit heißen Kirschen. Und wenn keiner mehr Hunger hat, bleibt das Eis in der Truhe und die Kirschen im Glas", bestimmte Iris. Ich freute mich auf die Party. Natürlich wollte ich schon eher kommen, beim Vorbereiten helfen und selbstverständlich bis zum Schluss bleiben. Anders könnte dann mit uns aufräumen und am nächsten Tag würden wir zum Reste-Essen wiederkommen. Und zur Belohnung für den Party-Stress könnten wir dann irgendwann in die Sauna. Hach! Das waren doch schöne Aussichten!

Der Krach

Als ich am Abend von Iris' Geburtstagsplänen erzählte, zog Anders die Stirn kraus. „Das gibt doch im Leben nichts", meinte er. „Wie wollt ihr denn eine ganze Partygesellschaft in dieser Winzwohnung unterbringen? Oder wird in Schichten gefeiert? Nee, lass mal, ich verzichte, da habt ihr doch gleich einen Platz gespart." Er wandte sich der Fernsehzeitung zu. Ich riss sie ihm aus der Hand. „Was soll der Blödsinn, du verzichtest? Iris ist meine beste Freundin! Ich bin doch auch mit zu Armanies Uni-Fete gegangen!" „Ja, und ich frage mich, wozu überhaupt?" fauchte Anders. „Gefallen hat es dir doch ohnehin nicht! *Ich* habe keine Lust auf eine Party bei Iris. Party – pah! Zwanzig oder dreißig Leute, gequetscht in eine winzige Wohnung – Leute, mit denen ich ohnehin nichts gemeinsam habe. Nein, danke!" Ich kochte vor Wut. „Ach, sind Iris' Freunde dir nicht gut genug? Wohl nicht genügend Jura-Studenten dabei, was? Warum bist du überhaupt mit mir zusammen, wenn dir das alles zu wenig ist?" „Manchmal frage ich mich das allerdings auch!" schrie Anders. „Und jetzt heul nicht gleich wieder, ja?" „Was soll das denn heißen?" keifte ich. Da hatte er mich doch quasi gerade eine Heulsuse genannt! So eine Unverschämtheit! „Ich habe keine Lust, mich hier mit dir herumzustreiten! Im Gegensatz zu dir brauche ich am Sonntag Entspannung nach meiner anstrengenden Woche." „Ach, und ich brauche wohl keine Entspannung?" Ich war sprachlos. Was jetzt wohl kam? „Im Gegensatz zu dir muss ich mehr leisten, als ein paar Kopien zu machen, und ein bisschen abzuheften", erklärte Anders hoheitsvoll. „Jetzt tu mal nicht so, als würdest du in deinem Büro überfordert. Ich fahre jetzt zu meinen Eltern und drehe ein paar Runden im Pool. Ende dieses unerfreulichen Gesprächs." Den Spruch hatte er bestimmt von seinem Vater. „Geh doch!" grollte ich. „Da sehe ich ja nun, was du von mir hältst. Geradezu bewundernswert, dass du es so lange mit einer kleinen Sekretärin wie mir ausgehalten hast! Noch dazu mit einer, die ständig heult!" Anders sprang auf. „Jetzt tu noch so, als würde das nicht stimmen! Und jetzt lass mich durch. Mir reicht's!"

Krawumm, schlug die Tür zu und weg war er. Ich starrte ihm hinterher. Was, zum Kuckuck, war jetzt das gewesen? War es denn zu viel verlangt, dass er mich auf den Geburtstag meiner besten Freundin begleitete? Und was sollte das mit meinem Job? Ich weiß, dass ich mit meinem Job einen Glücksgriff gelandet hatte: übersichtliches Büro in einem kleinen, na gut, mittelständischem Unternehmen – die Arbeitsatmosphäre war super und ich musste natürlich nicht gerade schuften wie ein Bauarbeiter (oder ein Jura-Student: HA!), aber das hieß doch nicht, dass ich nicht geschafft war, wenn ich nach Hause kam. Das hieß doch nicht, dass man nicht würdigen musste, was ich tat, oder?? Soviel also zum Thema ‚gleichberechtigte Beziehung'! Und warum warf er mir vor, ständig zu heulen? Naja, gut, ich hatte immer schon nah am Wasser gebaut und war ein, ja genau, ein emotionaler Mensch! Was sollte denn falsch daran sein?

Wütend holte ich meine Plus-Minus-Liste hervor und ergänzte ‚egoistisch, ich-süchtig, respektlos, unfreundlich und anmaßend'. Ich betrachtete erbittert das Gesamtbild. „Lächerlich!" schimpfte ich. „Das ist doch keine Beziehung!" Ganz offenbar war ich die einzige, die darin investiert hatte. Nun gut! Wenn Anders nichts daran lag, bitte. Ich würde ihm keine Träne nachweinen! Ich holte meinen Koffer vom Schrank und fischte meine Reisetasche hervor. Dann fing ich an zu packen. Würde der aber dumm gucken, heute Abend, wenn er nach Hause kam – und ich war weg! Das geschah ihm ganz Recht! So ein Ekelpaket! Und an mein Handy wollte ich auch nicht gehen! Dann sollte er schon sehen, wie das war, wenn er einsam, ohne mich, in dieser tristen Wohnung saß. Denn meine Teelichter, Bilder, Kerzen und sonstige Rumstehchen würde ich natürlich mitnehmen!

Betrübt sah ich mich in der geplünderten Wohnung um. Ich hatte mein kleines Auto bis unters Dach vollgestopft und meine anfängliche Wut war ziemlich verraucht. Eigentlich war ich nur noch traurig. Das gemeinsame Foto von uns, das auf irgendeiner Familienfeier geschossen worden war und im Schlafzimmer stand, drehte ich um und wischte mir ein Tränchen aus den Augen. Ein kleines Tränchen nur. Schnell lief ich die Treppe hinunter und setzte mich in mein Auto.

Es war schon sehr spät und die Sonne untergegangen. Ich hatte alle Knöpfe herunter gedrückt und überlegte, wohin ich denn nun eigentlich sollte. Zu meinen Eltern? Nein. Also? Zu Iris.

Unterschlupf bei Iris

Als ich bei Iris ankam, war alles dunkel. Es war ja auch schon nach zehn, womöglich war sie früh ins Bett gegangen und schlief schon. Ich schnappte mir meine Handtasche, in der alles Notwendige verstaut war (Zahnbürste, Wimperntusche, Handy und immer noch Iris' Lockenwickler), und klingelte. Ich wartete. Nichts. Ich klingelte nochmal. Wartete. Nichts. Ich nahm mein Handy und rief ihr Festnetz an. Vielleicht hatte sie die Klingel abgestellt? Niemand hob ab.

Ich schlich wieder in mein Auto und spürte, wie ich nun doch anfing zu heulen. Blöder Anders. Warum sollte ich auch nicht weinen, ich hatte allen Grund dazu. Wann hatte ich mich das letzte Mal so allein gefühlt? Ich probierte es auf Iris' Handy. Mailbox. Mit zitternden Fingern legte ich auf. Nun heulte ich richtig. Sollte ich etwa im Auto schlafen müssen? Mit angezogenen Beinen lehnte ich mich gegen die Scheibe und ließ den Tränen freien Lauf.

Wach wurde ich erst, als kräftig gegen meine Scheibe geklopft wurde. Völlig durchgefroren, steif und vom Weinen erschöpft, blinzelte ich aus dem beschlagenen Fenster. Ein vertrauter Lockenschopf schaute fragend durch die Seitenscheibe. Ich zerrte am Türgriff. Iris deutete auf die Verriegelung. Ach ja, richtig, ich hatte ja die Knöpfe runtergedrückt. Als ich endlich die Tür aufbekommen hatte, weinte ich schon wieder. „Anders ist sowas von gemein!" Iris nahm wortlos meine Tasche und beugte sich ins Auto, um meinen Zündschlüssel abzuziehen. Sie schob mich in Richtung Haustür. „Und meinen Job nimmt er auch nicht ernst. Und auf deinen Geburtstag will er auch nicht mit. Bestimmt, weil du für ihn keinen Juristen einlädst!" Iris war im Treppenhaus stehen geblieben und nahm mich in den

Arm. „Schschsch!" Sie strich mir über die Haare. „Anders hat quasi behauptet, dass ich eine Heulsuse bin!" schluchzte ich. Iris gab mir einen Kuss auf die Stirn. „Deswegen musst du doch nicht weinen!" sagte sie tröstend. Wir starrten uns an. Obwohl die Tränen mir immer noch über die Wangen liefen, musste ich jetzt lachen. „Ach, wenn ich dich nicht hätte!" Ich hakte mich unter und wir gingen hinauf in Iris Wohnung. „Willst du bei mir im Bett schlafen?" fragte sie. Ich nickte nur. Sie holte schnell eine Decke für mich sowie ein T-Shirt und ich verkroch mich im Bett. „Willst du was trinken? Vielleicht was heißes?" Ich überlegte. „Pflaumennektar hast du wohl nicht, oder?" fragte ich. Sie legte den Kopf schief. „Nee, hab ich nicht. Aber ich weiß was, warte mal."

Als sie nach kurzer Zeit wieder kam, hatte sie Apfelsaft heiß gemacht und balancierte auf einem Tablett Sprühsahne und etwas Zimt. Das schmeckte fast so gut wie heißes Pfläumchen. Langsam wurde mir wieder warm.

„So, jetzt schieß mal los. Heute Morgen war doch noch alles in Butter! Was ist denn passiert?" Ich umklammerte meine leere Tasse. „Da gibt es eigentlich nicht viel zu sagen. Ich habe ihm von deiner Geburtstagsfeier erzählt und er hat unglaublich blöd reagiert und total unverschämte Sachen gesagt." Ich versuchte, unser Gespräch in etwa wieder zu geben. Viel Sinn machte es nicht. „Ich weiß selbst nicht so genau, was eigentlich passiert ist!" sagte ich schließlich ratlos. Iris nahm mir meine leere Tasse ab und stellte sie auf's Tablett zurück. „Schlaf jetzt erstmal. Musst du morgen lange arbeiten?" Ich schüttelte den Kopf. „Nur bis um zwei." „Okay, ich versuche, morgen eher Schluss zu machen und dann räumen wir dein Auto aus, ja?" Sie gab mir einen Gute-Nacht-Kuss und machte das Licht aus. Das Oberbett, das sie mir gegeben hatte, war eigentlich zu warm für diese Jahreszeit und mit Biber-Wäsche bezogen. Ich fror aber trotzdem. Es duftete angenehm frisch. Ich überlegte, wie lange es her war, dass ich einen Gute-Nacht-Kuss bekommen hatte. Ich konnte es nicht sagen.

Es dauerte eine ganze Weile, bis es mir unter meiner dicken Decke warm geworden war und ich einschlief.

Am nächsten Morgen war ich verschwitzt und fühlte mich völlig platt. „Du Arme, ich habe dir ja das falsche Bett gegeben! Warum hast du nichts gesagt?" Iris zog mir die Decke weg. „Geh erstmal ins Bad." Sie holte mir ein Handtuch. Nach einer heiß-kalten Wechseldusche fühlte ich mich etwas wohler. Ich cremte mich ein und zog meine Sachen von Sonntag nochmal an. Wir frühstückten schnell zusammen und dann mussten wir zur Arbeit. Über die Hälfte des Weges konnten wir sogar zusammen gehen.

Das letzte Stück ging ich allein. Eigentlich war das doch ein schöner Morgen! Wie Anders wohl geschlafen hatte? Wie oft er wohl schon versucht hatte, mich anzurufen? Er wusste ja schließlich nicht, wo ich war! Schnell wollte ich mein Handy anmachen. Natürlich würde ich nicht drangehen, wenn er anrief. Aber es wäre doch schön zu sehen, wie es klingelte und zu wissen, dass er schuldbewusst am anderen Ende der Leitung darauf wartete, dass ich seine Entschuldigung annahm. Oh! Ich hatte wohl vergessen, mein Handy auszuschalten. Ich schaute auf's Display. Keine Anrufe.

Ein interessanter Einkauf

Als ich ins Büro kam, stürzte ich mich zuerst in die Routine. Zunächst verrichtete ich die ganzen stumpfsinnigen Arbeiten, bei denen man nicht nachdenken musste. Kopieren, Kaffee kochen und natürlich die dreckigen Tassen spülen. Mühsam hatte Frau CD den männlichen Kollegen beibringen müssen, ihre Tassen nicht wie zu Hause einfach in die Spüle in unserem Büro zu stellen, sondern dass selbst abwaschen angesagt ist. Seitdem hatte jeder seinen eigenen Kaffeepott und hütete ihn eifersüchtig. Könnte ja sonst sein, dass man versehentlich das Geschirr eines anderen spült. Selbst der Chef hatte sich fügen müssen. Er schielte immer noch sehr bedauernd in unsere Richtung, wenn er seine Tasse sauber machen ging. Wenn aber Besuch da war, dann trumpfte er auf. Niemand konnte ja von ihm erwarten, dass er für seine Gäste abwusch. Tja, dann wanderte seine Tasse natürlich dazu und wenn die Besucher wieder gingen und er sie huldvoll verabschiedete, dann schaute er wie beiläufig über seine Schulter und sagte zu einer von uns: „Sie räumen das Geschirr eben weg, bitte?!" Und nur Frau CD und ich sahen, wie es diebisch in seinen Augen blitzte.

Heute war ich nicht traurig, dass ich spülen musste; dabei konnte ich ein bisschen nachdenken und niemand sah, dass ich grübelte. Hatte ich jetzt eigentlich mit Anders Schluss gemacht? Immerhin war ich ja ausgezogen. Der Gedanke kam mir erst jetzt, als ich feststellte, dass er noch immer nichts von sich hatte hören lassen. Ich schüttelte den Kopf. Blödsinn. Gar nichts hatte ich. Ich hatte ihm bloß gezeigt, dass ich nicht selbstverständlich war. Wenn er sich dieses Verlustes bewusst würde, dann würde er schon wieder ankommen. Immerhin liebte er mich doch! Männer von heute kämpften einfach zu wenig um ihre Beziehungen.

Deswegen lieben Frauen auch diese Hollywood-Schnulzen –
weil da die Männer immer alles taten, um ihre Angebetete zu
umwerben oder zu retten. Hach, wie romantisch wäre es,
wenn ich nun einen anderen hätte und Anders um mich
kämpfen würde! Naja. Vielleicht auch nicht. Wenn mein
Geliebter sich mit Anders würde um mich prügeln wollen
und ihm eins auf die Nase gab, würde Anders seine
Personalien notieren und dann die Polizei rufen. Ich seufzte.
Es war schon nicht leicht mit diesem Mann.

Ich stellte die Tassen wieder in den Schrank und brachte die
von Herrn Krimmelbein zu seinem Schreibtisch. Gefüllt
natürlich. Er telefonierte gerade, ausladend gestikulierend
und verwickelte sich dabei in der langen Telefonschnur. Er
gehörte zu den Menschen, die eine Schnur in Überlänge an
ihrem Hörer und ihrem Apparat brauchen. Damit er sich
nicht versehentlich selbst fesselt, musste ihm extra so ein
Stöpsel in den Hörer eingebaut werden, an dem die Schnur
befestigt ist, und die sich mitdreht, wenn er gestikuliert.
Dadurch verheddert sich die Schnur nicht so schnell. Wir
hatten es ja mit mobilen Telefonen versucht, aber das hatte
ihm nicht gefallen. Außerdem war er damit immer in seinem
Büro hin und hermarschiert und hatte nach erledigten
Anrufen das Telefon irgendwo abgelegt. Montagmorgens
war dann jedes Mal der Akku leer gewesen und er hatte bei
Frau CD telefonieren wollen. Ein Mordschaos. Jetzt hatte er
also wieder sein altes Telefon mit Schnur in Überlänge. Er
hielt den Apparat in der linken Hand weit von sich gestreckt
und den Hörer in der anderen. Beinahe hätte er mir den
Apparat um die Ohren gehauen, als ich ihm seine
Kaffeetasse hinstellen wollte. Er wirkte zufrieden und nickte
mir huldvoll zu. Schwungvoll stand er jetzt auf. Immer noch
das Telefon von sich streckend schritt mit ausladenen
Schritten in seinem Büro auf und ab. Vielleicht zog er gerade
einen großen Auftrag an Land.

Ich ging wieder zurück in das Büro, dass ich mir mit Frau CD teilte und setzte mich an meinen Schreibtisch. Schnell ein kurzer Blick auf mein Handy. Warum meldete er sich nicht? Frau CD blickte prüfend über ihre Lesebrille. „Ist alles in Ordnung?" Ich überlegte kurz, ob ich ihr alles erzählen sollte, entschied mich aber dagegen. „Ich, äh, warte auf eine private Nachricht!" stotterte ich mit roten Ohren. Ich konnte noch nie gut lügen. Frau CD nahm ihre Brille ab. „Habt ihr euch gestritten?" fragte sie mitfühlend. „Wieso? Also, nein! Ich wollte nur kurz sehen, ob..." Ich schluckte. Sie stand auf und legte mir die Hand auf die Schulter. „Ist schon gut", sagte sie tröstend. „Haben wir doch alle schon mal mitgemacht." Sie zog eine Tafel Schokolade aus ihrem Schreibtisch und legte sie mir wortlos hin. Dann gab sie mir einen Stapel Akten zum Sortieren und Abheften. Dankbar verzog ich mich zum Aktenschrank. Ich hatte eigentlich nie ein privates Verhältnis zu ihr entwickelt und sie auch oft genug nervig und lästig gefunden. Jetzt war ich überrascht, wie nett sie sein konnte. Sie hielt mir den ganzen Tag den Rücken frei, versorgte mich mit anspruchsloser Arbeit und ließ mich ansonsten in Ruhe.

Endlich Feierabend. Ich nahm meine Sachen und grinste schief. „Tschüss. Und danke." Frau CD lächelte. „Tschüss, Gesine. Kopf hoch. Gönn dir doch mal was. Wie wäre es denn mit einer Wellness-Behandlung oder sowas?"

Draußen war immer noch herrliches Wetter. Es war warm, die Vögel zwitscherten, ein laues Lüftchen wehte und alle um mich herum schienen gute Laune zu haben. Ich beschloss energisch, mir nicht die Petersilie verhageln zu lassen, nur weil Anders wohl noch schmollte. Es konnte womöglich noch Tage dauern, bis er sich so weit gefasst hatte, dass er sich melden würde. Bis dahin würde ich es mir gut gehen lassen. Der sollte bloß nicht denken, ich hätte

Trübsal geblasen ohne ihn. Ich atmete tief ein und zwang mich, diesen Tag einfach schön zu finden. Iris würde wohl noch in ihrer Redaktion sitzen. Ich könnte ja einkaufen gehen. Wenn ich schon bei ihr Unterschlupf fand, dann wollte ich wenigstens etwas zu den Vorräten beisteuern. Ich liebte es, einzukaufen. Das galt nicht nur für Klamotten, sondern für alles. Ich steuerte den Bio-Supermarkt an. Ich bezweifel ja, dass diese Biosachen unbedingt von besserer Qualität sind, als die aus anderen Supermärkten, aber alles sieht so appetitlich aus und man hat eben das Gefühl, sich etwas Besonderes zu gönnen. Es macht einfach mehr Spaß, dort einzukaufen. Das ist so, als wenn man ein Luxus-T-Shirt mit Edel-Etikett einkauft, was einem von einer tollen Verkäuferin in eine edle Papiertüte gepackt wird (in eine Tüte, die allein schon ihren Preis hätte). Kein Vergleich mit einem Billig-Shirt, das dann in so eine schäbige Plastiktüte gestopft wird, und aus dem man noch das Etikett heraustrennt, weil man sich sonst schämt! Jemand könnte ja sehen, dass man das in so einem Container-Laden gekauft hat, oder wie diese Geschäfte heißen. Näh! Ich liebte also Nobel-Shoppen. Und deswegen ging ich auch viel lieber in den Bio-Supermarkt. War zwar alles sehr teuer, aber dafür umwehte jede Tomate und jede Scheibe Käse das Gefühl von Luxus.

Ich kaufte also edle Tomaten und packte sie liebevoll in hübsche, spitze Papiertütchen. Das erinnerte mich an diese Heile-Welt-Werbung, in der es noch Tante-Emma-Lädchen gibt; und heile-Welt-Gefühl konnte ich gerade gut gebrauchen. Ich kaufte Champignons, Paprika, kleine, niedliche Kartöffelein, Salatherzen und freute mich an den vielen hübschen Päckchen in meinem Einkaufswagen. Dann packte ich Pfeffer-Brotaufstrich, Biobrot, Ziegenkäse, Tiefkühlbeeren, Johannisbeergelee in den Wagen und stand nun prüfend an der Fleischtheke. Als ich das Schweinesteak sah, musste ich schlucken. Einmal, weil es so lecker aussah und zweitens, weil es so teuer war. Ich wägte kurz ab, dann siegte doch der KauFRAUsch. Energisch reckte ich mich und packte das gute Stück in den Einkaufswagen. Zu schade eigentlich, dass Anders mir nie Zugriff auf sein Konto gestattet hatte. Es hätte natürlich noch viel mehr Spaß gemacht, wenn ich das alles von seinem Geld hätte kaufen können. Ich packte noch eine Super-Duper-Karamell-Nuss-Nougat-Creme in meinem Wagen und steuerte frohgemut die Kasse an.

Erst im allerletzen Moment sah ich sie. Armanie und Anders. Armanie hielt eine Tube Gesichtscreme in der einen Hand und Anders' Arm in der anderen und auch sie wollte offenbar zur Kasse. Halsbrecherisch raste ich mit meinem Wagen hinter das Müsli-Regal und vertiefte mich in die Angebote ganz unten. Anders aß kein Müsli und Armanie hatte wohl bereits alles, was sie wollte. Geduldig standen sie nun hinter einer ausladenden Dame mit gefilzten Blumen im Haar, die ihren voluminösen Einkauf auf das Band lud. „Wo siehst du dich denn in zehn Jahren, Anders?" fragte Armanie. „Stell dir das mal bildlich vor: du bist erfolgreicher Jurist, arbeitest in einer gut gehenden Kanzlei und lädst abends Geschäftskollegen zu dir nach Hause zum Essen ein." Anders lächelte. Armanie sprach weiter. „Ja, und wer erwartet dich da? Gesine etwa? Wenn ja, dann krieg deinen Hintern hoch und kauf ihr ein Röschen oder so." Ich staunte. Wie nett von Armanie. Ja, eine Rose, das wäre doch ein Anfang! Obwohl – nur eins? Ich hob vorsichtig den Kopf und spähte zwischen dem Schokoladenmüsli und der Sportlerversion hindurch Richtung Ausgang. Armanie zog die Augenbrauen hoch. „Wenn *ich* mir das bildlich vorstelle, " erklärte sie nun, „sehe ich da keine Gesine! Sei doch froh, dass du sie so billig losgeworden bist und fange endlich an, deine Traumfrau zu suchen! Wenn du nicht langsam mit suchen anfängst, findest du sie nie! Und das wäre doch schade um dich hübsches Kerlchen!" Sie grinste Anders freundschaftlich an und der knuffte sie spielerisch in die Seite. Die beiden verschwanden nun endgültig hinter der Kasse. Ich sank in mich zusammen. Mein Kopf raste. Was zum Kuckuck war das denn gewesen? So war das aber nicht geplant! „Suchen Sie etwas?" Eine Verkäuferin in adrettem weißem Kittel beugte sich fragend zu mir herunter. „Danke, ich hab`s schon!" Ich versuchte, zu lächeln und packte irgendein Paket in meinen Wagen. Schlafwandlerisch fuhr ich zur Kasse und schlich dann mit meinen vielen Tüten zur Bus-Haltestelle.

Als ich zu Iris kam, war sie schon da. Ich packte meine Errungenschaften aus und fühlte mich seltsam getröstet, als ich all das schöne Gemüse aus den braunen Tüten wickelte. Wie gemalt lag es auf dem Küchentisch. Stolz sah ich meine Freundin an. „Ich habe eingekauft!" „Hm! Lecker! Ich habe einen Riesenhunger! Was kochen wir uns denn Schönes?" Ich hielt ihr würdevoll mein Filet unter die Nase. „Und die Beeren sollten wir verbrauchen, die sind nämlich aufgetaut," meinte sie.
Ich schnippelte ein paar Zwiebeln klein und Iris bereitete das Filet vor. Sie zupfte an ihren Kräutertöpfchen herum und mischte Honig und Knoblauch. Endlich lag das Prachtstück von Fleisch im Ofen bei Wohlfühltemperatur. Iris zauberte aus den Zwiebeln, dem Bratensaft, dem Johannisbeergelee und den Beeren eine sternekochreife Sauce und drückte mir schließlich ein Sieb in die Hand. „Durchpassieren!" lachte sie, als sie meinen fragenden Blick sah. Ich drückte also die Sauce durch das Sieb. Iris zerdrückte die Pellkartoffeln und gab einen großzügigen Schluck Kondensmilch und etwas gekörnte Brühe hinzu.

Das Fleisch war innen zartrosa und die Sauce schmeckte zum Niederknien. Ich hätte sie auch gelöffelt oder getrunken. Wir setzten uns an den Küchentisch und Iris sagte: „Mann, was geht es uns doch gut." Ich nickte und probierte unser Menu. Es war köstlich. Erst jetzt erzählte ich, was im Supermarkt vorgefallen war. „Rate übrigens, wen ich getroffen habe?" fragte ich. „Anders etwa?" fragte Iris überrascht. „Ja, und Fräulein Armanie! Ich konnte mich gerade noch hinter ein Regal flüchten, sonst hätten sie mich gesehen!" „Und?" wollte Iris wissen. „Erzähl schon! Jetzt lass dir doch nicht jedes Wort aus der Nase ziehen!" Ich schluckte. „Du glaubst nicht, was ich für ein interessantes Gespräch belauscht hab." Ich versuchte, Armanies Rede so wortgetreu wie möglich wiederzugeben. „Scheiß", machte Iris. „Weißt du, was mich am meisten stört?" Ich legte mein Besteck hin. „Ich weiß gar nicht, ob ich wirklich Schluss machen wollte! Ich meine, ich dachte, er würde irgendwie um unsere Beziehung kämpfen oder sich wenigstens bemühen, dass alles wieder gut wird! Ich dachte immer, ich würde – wenn - diejenige sein, die die Entscheidung trifft, ob wir uns trennen oder nicht! Aber doch nicht so!" Hilflos sah ich meine Freundin an. Die hatte zwei kleine Löffel aus der Schublade gekramt und wir beugten uns nun beide über den Saucentopf und kratzen die letzten Reste heraus. „Wenn du das nun nicht gehört hättest... hättest du denn zu ihm zurück gewollt oder nicht?" Ich leckte meinen Finger ab und zuckte schließlich kopfschüttelnd mit den Schultern. „Ich weiß es einfach nicht. Und wenn ich mich so reden höre... Ich höre mich an, wie ein richtiger Kontrollfreak! Das bin ich doch gar nicht! Oder??" Iris schüttelte energisch den Kopf. „Quatsch. Bist du überhaupt nicht. So ein Unsinn! Wenn überhaupt, dann hat Anders doch die Situation immer unter Kontrolle gehabt. Letztlich lief es doch immer so, wie er wollte, oder nicht?" Ich musste ihr Recht geben. „Vielleicht wolltest du deswegen wenigstens die Beziehung nach deinem Kopf beenden." Das kam mehr wie eine Frage als wie eine Feststellung. Ich überlegte. „Tja. Wie auch immer. Anscheinend hat sich die Entscheidung nun ohnehin selbst getroffen. Ich kann das gar nicht fassen. Das war's!" Ich lachte bitter. Iris legte den Kopf schief. „Und wie fühlst du dich jetzt?" wollte sie wissen. „Ich meine, bist du gar nicht traurig?" Ich wusste schon, was sie meinte. „Weil ich nicht heule? Ich finde es selbst seltsam. Anders hat ja auch immer gesagt, dass ich eine Heulsuse bin." „So hab ich das doch gar nicht gemeint!" „So ist es aber! Ich weiß es doch selbst! Ich habe immer schon schnell geheult! Meine Mutter hat mir als Kind nicht einmal Hänsel und Gretel vorgelesen, weil ich immer geflennt habe, dass man die böse Hexe doch hätte in ein Gefängnis sperren können statt in einen Ofen." „Stimmt!" lachte Iris. „Das hat deine Mutter mal erzählt." Ich zuckte wieder mit den Schultern. „Ich bin total verwirrt. Ich glaube, das ist einfach noch gar nicht richtig bei mir angekommen. Wahrscheinlich kriege ich das große Heulen erst morgen oder heute Nacht oder am Wochenende." „Hoffentlich nicht im Büro!" Iris leckte ihren Teller ab. Ich grabschte nach dem Saucentopf und versuchte, mit dem Finger noch möglichst viel Sauce herauszustreichen. „Die CD war heute total super. Hat sofort gemerkt, dass ich komisch drauf war und war richtig nett. Hat mir sogar ne Tafel Trost-Schokolade gegeben!" „Echt? Ich dachte immer, ihr mögt euch gar nicht so sehr doll?" fragte Iris überrascht. Ich zuckte mit den Schultern. „Weiß nicht. Hab ich eigentlich auch immer gedacht. Aber ich glaube, die ist ganz in Ordnung, wenn man sie braucht." Wir räumten Teller und Töpfe in die Spülmaschine. Zum Fernsehen hatten wir beide keine Lust. Iris lechzte nach einer Dusche und ich wollte noch ein bisschen lesen. Außerdem wollten wir beide mal früh ins Bett.

Ich überlegte, wie es nun weitergehen sollte. Es war schön, mit Iris zusammen zu wohnen. Allein wohnen war nichts für mich, aber ich konnte ja nicht erwarten, dass sie mich nun auf ewig in ihrem Bett schlafen ließ. Die Wohnung war zwar groß genug für zwei, schließlich hatten Iris und Lukas hier auch eine ganze Weile zu zweit gewohnt. Aber das konnte man wirklich nicht verlangen. Vielleicht sollte ich doch nach einer eigenen Wohnung suchen. Am besten hier in Iris` Nähe. Gleich morgen würde ich die Zeitungen durchforsten. Und natürlich würde ich mir Möbel kaufen müssen. Mit dem bisschen an Kram, das ich mein Eigen nannte und das noch immer im Kofferraum meines kleinen Wagens darauf wartete, von mir ausgeräumt zu werden, konnte man schließlich keine Wohnung bestücken. Im Halbschlaf hörte ich noch, dass Iris etwas sagte. „Schön, bei dir zu wohnen, danke", murmelte ich noch, dann schlief ich.

Ein Zimmer für Gesine

Als ich am nächsten Tag von der Arbeit kam, war Iris gerade dabei, meine Kisten aus meinem Auto zu schleppen. Sie war verschwitzt und offensichtlich schon einige Zeit ziemlich fleißig gewesen. Ich warf meine Tasche ins Schlafzimmer und raste hinunter, um ihr zu helfen. Auf dem halben Weg nach unten hörte ich sie von oben rufen. „Gesinchen! Geesaa! Warte mal! Komm noch mal rauf!" Ich lief wieder nach oben. Sie winkte begeistert. Jetzt erst merkte ich, dass der Berg an Sachen, der sich im Wohnzimmer stapelte, gar nicht nur von mir war. „Ich hab das Arbeitszimmer für dich freigeräumt!" strahlte Iris. Ich bekam kein Wort heraus. „Was hast du?" stammelte ich. Iris hatte nach Lukas' Auszug das Arbeitszimmer nur zur Hälfte genutzt und da, wo sich vorher sein Schreibtisch und Regal befunden hatten, war viel Platz für ihr Bügelbrett und den ganzen Haushaltskram gewesen. Das Zimmer war, wenn auch nicht schön, doch ein echter Luxus und ich hatte sie immer sehr darum beneidet. Nun wurden Wäscheständer und Bügelbrett herausgeräumt und der Schreibtisch lehnte, auseinander geschraubt, im Wohnzimmer an der Wand. Genau genommen war es ja auch nur eine Tischplatte mit vier Beinen. Den Rollcontainer hatte sie erstmal daneben gestellt und das Regal stand mitten im Raum. Im Wohnzimmer stapelten sich Aktenordner und Bücher. Sie grinste mich an und sagte: „Hab etwas eher Schluss gemacht heute und unterwegs meine Schwester getroffen. Sie hat mir beim Umräumen geholfen. Wir wollten dich überraschen!" Na, das war ihr gelungen. Ich fiel ihr um den Hals. „Heißt das, du kannst mich wirklich auf Dauer ertragen?" „Ertragen! Das wird bestimmt total super, wenn wir zusammen wohnen! Die letzten Tage jedenfalls fand ich spitze!" Die Tür ging auf, und Nadja kam mit einer weiteren Kiste herein. Auch sie lachte und strich sich eine verschwitzte Locke aus der Stirn. Wenn man die beiden so nebeneinander sah, war sofort klar, dass sie Schwestern waren. Ich drückte sie. „Danke! Die Überraschung ist euch wirklich gelungen!"

Wir räumten schnell mein Auto aus und überlegten dann, wo wir das Regal und seinen Inhalt lassen wollten. Iris beschloss, dass der Wohnzimmerschrank und sein Regalanteil für ihren Krempel reichen musste und dass sie ohnehin längst hatte ausmisten wollen. Sie machte eine kleine Kommode leer, in der alte Tischdecken und ein hässliches Kaffeeservice versteckt waren, das ihre Mutter ihr einmal günstig bei Aldi oder Lidl gekauft hatte. „Uäh, das hab ich auch!" stöhnte Nadja. „Hast du das auch von Mutti?" Nadja nahm prüfend den Karton in die Hand, in den das Service verpackt gewesen war. Es war von solch grauenerregender Scheußlichkeit, dass es noch nie den Schrank hatte verlassen dürfen. Das Service landete in der Aschentonne und die kleine Kommode zog in mein Zimmer um. An ihre Stelle kam das Regal und wir räumten Ordner und Bücher wieder ein. Vieles an Kleinkram wanderte zu den Kaffeetassen in die Abfalltonne. Die Kommode war mein erstes und einziges Möbelstück. Eigene Möbel hatte ich ja nicht. Als ich mit Anders zusammengezogen war, besaß er ja schon alles und ich war froh gewesen, kein Geld für Mobiliar ausgeben zu müssen. Endlich waren alle Kisten in meinem neuen Zimmer. Wäscheständer und Bügelbrett verschwanden in einer Nische im Schlafzimmer und das Bücherregal im Wohnzimmer wurde wieder eingeräumt. „Was machst du mit dem Schreibtisch? Wo arbeitest du denn jetzt?" fragte ich schuldbewusst. „Ich habe sowieso fast nie am Schreibtisch gearbeitet!" sagte Iris. „Seit ich den Laptop habe, arbeite ich eigentlich immer im Wohnzimmer oder in der Küche. „Die Platte mit den Beinen stelle ich erst einmal in den Keller, denke ich." „Willst du das nicht lieber solange als Tisch-Ersatz nehmen, bis du dir selbst was gekauft hast, Gesa?" fragte Nadja. Sie hatte irgendwann Iris' Kosenamen für mich mitbekommen und ihn sogleich übernommen. Die Idee war eigentlich nicht schlecht. Also schraubten wir die Beine wieder dran und der Tisch kam zurück in sein altes Zimmer, das nun meins war. Meine Kisten waren säuberlich aufgestapelt an der Wand und Iris stellte mir eine kleine Hängepflanze auf den Tisch. „Damit es etwas wohnlicher aussieht!" erklärte sie. Nadja und ich lachten laut. „Typisch Iris!" kicherte ihre Schwester. „So war sie immer schon!" Sie ließ sich im Wohnzimmer auf die Couch plumpsen. „Puh, bin ich platt!" sagte sie. Ihr Bauch ließ plötzlich ein lautes Grummeln vernehmen. Wir beschlossen, zur Feier des Tages Pizza zu bestellen.

Während wir auf den Pizzaboten warteten, machte ich eine Liste. „Also, ich muss mich ummelden", schrieb ich auf. „Am besten stellst du einen Nachsendeantrag!" warf Nadja ein. „Nachsendeantrag!" notierte ich. „Bei Arbeitgeber und Bank Bescheid sagen und eine Email an alle Freunde herumschicken." Ich legte den Kuli hin. „Sonst noch was?" „Hast du Daueraufträge, wegen Telefon oder Strom oder so?" fragte Iris. „Stimmt!" Ich schlug mir mit der Hand vor die Stirn. Anders bekam ja jeden Monat von mir Geld überwiesen, weil er ansonsten alle Kosten zahlte. „Dauerauftrag kündigen!!!!" schrieb ich auf und lehnte mich zurück. Iris nahm den Kuli und malte ein Telefon unter meine Liste. Fragend sah ich sie an. „Hast du deine Mutter schon angerufen?" fragte sie lauernd. Ich stöhnte. Mein Vater, ja, der würde womöglich eine Flasche Sekt köpfen, wenn er erfuhr, dass ich mich von Anders getrennt hatte, aber meine Mutter... „Meine Mutter hätte doch am liebsten schon Einladungskärtchen für unsere Hochzeit drucken lassen!" jammerte ich. „Die dreht mir den Hals um! Sie hat doch schon bei all ihren Freundinnen angegeben, dass ihr Schwiegersohn in spe Jurist ist." Ich ließ den Kopf nach hinten sinken und schloss die Augen. „Und bald hat Opa Geburtstag. Da kann ich dann der ganzen Verwandtschaft erklären, wieso ich mit ihm Schluss gemacht hab!" „Die werden dir schön das Fell über die Ohren ziehen!" frohlockte Iris. „Schade, dass ich da nicht Mäuschen spielen kann!" „Zu bedauern bin ich!" klagte ich. „Mein Vater wird der Einzige sein, der ein Wort mit mir wechselt!" „Mochte er Anders nicht?" fragte Nadja. „Naja, das kann man so nicht sagen. Aber er wollte immer gern einen Schwiegersohn, der mit ihm zusammen Fußball schaut. Und Fußball ist Anders zu proletarisch." Iris und Nadja kugelten sich vor Lachen. Endlich klingelte es. „Pizza!"

„Eine Formaggi, eine Mexicana und eine Hawaii, ne?" Der Pizzalieferant strahlte uns mit charmanter Zahnlücke an. Er gab uns noch eine kleine Tüte Pizzabrötchen und zwei Töpfchen Kräuterbutter. Erst jetzt merkte ich, wie hungrig ich war. Den anderen beiden ging es aber nicht anders. Wie die Wölfe machten wir uns über die Pizza her. „Wenn ich schon bei meinen Eltern beichten muss, kann ich eigentlich auch direkt vorbeigehen", überlegte ich laut. „Vielleicht kann ich ein Möbelstück abstauben oder kriege eine kleine Finanzspritze von Papa. Und dann plündere ich mein Sparbuch und fahre zu Ikea." Ich kaute auf einem Pizza-Brötchen. „Hast du einen Ikea-Katalog?" Klar hatte sie. Zu dritt brüteten wir über dem Prospekt und ich kritzelte allerhand Seitenzahlen und Artikelnummern auf die Rückseite von meinem Zettel.

Was für ein Tag! Was für ein schöner Tag! „Was geht's mir gut!" dachte ich und schaute die beiden Schwestern an. Was ist man doch für ein armes Würstchen ohne Freunde! Und wie glücklich, wenn man welche hat!

Das Gespräch mit meiner Mutter lief nicht ganz so wie geplant. Eigentlich hatte ich spontan bei meinen Eltern vorbeigehen wollen, aber gerade als ich an meinen Schreibtisch gesetzt und mein Frühstücksbrötchen ausgepackt hatte, klingelte das Telefon. Ich sah es schon am Display. „Hallo, Mama!" kaute ich. „Guten Morgen, Gesine! Ich wollte mal deine Stimme hören! Du meldest dich ja nie!" schnaubte meine Mutter vorwurfsvoll ins Telefon. „Ich wollte dich anrufen, ehrlich, ich wollte sogar vorbeikommen, ich..." Ich kam gar nicht zu Wort. „Sogar vorbeikommen, na, ist ja großartig! Wird ja auch Zeit, dass du dich mal wieder blicken lässt! Wann willst du denn kommen? Ich könnte Waffeln backen!" fragte sie dann versöhnlich. „Äh, wie wär's mit morgen Nachmittag?" „Ja, das passt mir auch. Bringst du Anders mit?" „Das wird wohl nichts!" entfuhr es mir. „Ja, der arme Junge muss immer viel lernen, was?" Meine Mutter hatte komischerweise immer Verständnis, wenn Anders keine Zeit hatte. Ich hingegen war dann immer gleich eine Rabentochter. Ich seufzte. „Ach Mama, ich weiß gar nicht, wie ich es dir beibringen soll. Setz dich besser." Sie tat mir Leid. Bestimmt würde sie traurig sein, sie hatte Anders schließlich immer gern gehabt. „Werde ich Oma???" kreischte meine Mutter entzückt. „Nein!" entgegnete ich ärgerlich, „und es sieht auch nicht so aus, als würde sich das demnächst ändern." „Wie meinst du denn das, Gesine?" Sie klang ratlos. Frau CD spitzte an ihrem Schreibtisch die Ohren. „Ich habe mich von Anders getrennt." So, nun war es raus. Ich hielt den Hörer vorsichtshalber etwas vom Ohr weg. Tatsächlich: „WAAAAS?" kreischte meine Mutter. „Du hast waas? Ja, spinnst du eigentlich? Wieso das denn? So einen kriegst du doch nie wieder, der war doch aus gutem Hause, was willst du eigentlich?" Sie ließ mir keine Zeit, um zu antworten. „Warum kannst du nicht mal mit dem zufrieden sein, was du hast!" nörgelte sie. „Immer hast du was zu meckern! Was hat dir denn nun nicht gepasst, he? Gesine! Der hatte doch alles, was man sich wünschen kann, er sieht gut aus, er wird mal gut verdienen, er kommt aus einem guten Elternhaus..." Sie seufzte theatralisch. „Aber du bist ja nie zufrieden. Als Kind warst du schon so! Ich weiß wirklich nicht, von wem du das hast. Nie kann man es dir recht machen." „Ich habe jetzt keine Zeit mehr!" sagte ich ärgerlich und funkelte Frau CD an, die aus ihrer Neugier kein Geheimnis machte und ohnehin jedes Wort gehört hatte. Die kniff mir nun zu meiner Verblüffung ein Auge zu und rief übertrieben laut: „Gesine, kommst du mal? Du musst mir unbedingt bei dieser Akte hier helfen!" Herr Krimmelbein, der eben an unserer Tür vorbeiging, betrachtete verblüfft die Szene. „Tut mir Leid, Mama, ich muss aufhören!" sagte ich triumphierend. „Frau CD braucht mich!" „Ja, ich hab's ja gehört. Die soll sich mal nicht so haben. Man wird ja wohl noch ein kurzes Gespräch führen dürfen zwischen Mutter und Tochter. Wann kommst du denn nun morgen?" Ich verabredete mich für den nächsten Nachmittag und versprach, ihr dann mehr zu erzählen. Erleichtert legte ich auf. „Danke!" ächzte ich dann. Frau CD grinste. „Gern geschehen." Sie blickte hoch in das noch immer erstaunte Gesicht von Herrn Krimmelbein. Einträchtig lächelten wir ihm zu und er ging hastig weiter. „Hast du ihn sitzen lassen?" fragte sie neugierig und beugte sich verschwörerisch zu mir hinüber. „Erzähl mal!"

Ehe ich beginnen konnte, kam die Post. Die Postbotin erschien immer persönlich, gab bei Frau CD die Briefe und Sendungen ab und trank manchmal eine Tasse Kaffee oder ging auf die Toilette. Ratlos hielt sie mir ein kleines Päckchen hin. „Morgen, Frau Uhlenbach, Morgen, Frau Chlupka-Dümpelmann! Haben Sie hier jemand Neues?" fragte sie. Ich schüttelte den Kopf. „Wieso?" fragte ich. „Gibt es hier eine Frau Zeder?" Wir schüttelten beide den

Kopf. „Wir hatten mal eine Azubi, die hieß Kiefer, aber eine Frau Zeder gab es hier noch nie!" Als Dienstälteste nahm Frau CD das Päckchen in die Hand und begutachtete den Absender. „Das ist von Humboldt und Guggendorf!" stellte sie überrascht fest. „Das ist eine Firma, mit der wir viel, vor allem telefonisch zu tun haben, die kennen uns eigentlich alle!" erklärte ich der Postbotin. Kopfschüttelnd gab mir Frau CD das Päckchen. „Soll ich da mal anrufen?" fragte ich sie. In dem Moment kam der Chef. „Schauen Sie mal, Herr Krimmelbein!" Ich hielt ihm das Päckchen hin. „Für wen ist denn das?" Er warf einen kurzen Blick darauf. „Na, das steht da doch!" sagte er dann ungeduldig, „für Frau Zehdee!" Er gab ihr das Päckchen, nahm sich eine Akte aus dem Schrank und ging wieder in sein Büro. Frau CD nahm das Päckchen und starrte mich an. Ich versuchte, ein Prusten zu unterdrücken. „Hihi, hör auf!" kicherte sie und schließlich kugelten wir uns alle drei vor Lachen. „Ich mach mich dann mal wieder auf den Weg!" grinste die Postbotin, wischte sich ein Lachtränchen aus den Augen und wünschte uns noch einen vergnüglichen Tag, worauf wir sofort wieder kichern mussten.

„Du wolltest doch erzählen, warum du deinen Studenten abgeschossen hast!" erinnerte mich schließlich Frau CD. Das klang gleich viel weniger großartig als „mein Jurist". Sie holte uns ein paar Kekse aus ihrer Schublade und ich kochte uns zwei Becher Kaffee. Als Herr Krimmelbein seinen Kopf durch die Tür steckte, beratschlagten wir gerade, was ich am besten meiner Mutter sagen sollte, wenn sie nach den Gründen fragte – und das würde sie. „Was war denn nun in dem Päckchen?" wollte er wissen. Frau CD zog die Stirn in Falten. „Ich bin noch nicht dazu gekommen, hineinzuschauen!" verkündete sie dann missbilligend und fegte würdevoll ein paar Kekskrümel von ihrem Schreibtisch. Der Chef seufzte leise und machte sich wieder auf in sein Büro. „Wäre aber sehr erfreulich, wenn Sie heute noch die Güte hätten, es herauszufinden!" sagte er über die Schulter. Er sah ein wenig ärgerlich aus. Aber er war nie lange böse. Dazu mochte er Frau CD viel zu gern und arbeitete schon viel zu lange mit ihr. „Möchten Sie auch einen Keks?" fragte sie freundlich. Er blieb stehen. Schließlich drehte er sich um und nahm sich einen Schokoladenkeks. „Sie machen mich manchmal wirklich fertig!" Er verschlang den Keks mit einem Haps. Dann nahm er sich noch eine Handvoll. „Wegzehrung!" presste er mühsam mit vollem Mund hervor und hustete, weil er sich natürlich an den Krümeln verschluckt hatte. Mit tränenden Augen und drei Schokoladenkeksen verschwand er aus unserem Büro.

Nachdem ich Frau CD nach Hause gebracht hatte, fuhr ich guter Stimmung und um zwei wunderschöne alte Stühle reicher (möge Frau CDs alte Tante in Frieden ruhen!) zum Einwohnermeldeamt. Unterwegs warf ich noch ein paar Briefe ein. Quasi ohne es zu planen, war ich umgezogen! Und am Wochenende würde ich mir ein Bett kaufen! Es war doch manchmal erstaunlich, was das Leben für einen bereithielt.

Hochs und Tiefs

Eigentlich hatte ich dann auf dem Heimweg nur kurz noch ein paar Teile einkaufen wollen. Es war immer noch schönes Wetter und ich sagte mir immer wieder, wie gut es mir doch ging. Mittlerweile hatte das ganze aber weniger von einer Feststellung als mehr von einer Beschwörungsformel. Dabei war ich doch eben noch guter Laune gewesen! Im Supermarkt ging es dann los. In der Gemüseabteilung strahlten mir grasgrüne Zucchini entgegen. Ich könnte Zucchinisauce machen... Die hatte Anders doch immer so gerne gegessen. Ich schluckte und kaufte schnell Tomaten und noch ein wenig Chicoree. Den konnte Anders nicht leiden. Ich zwar eigentlich auch nicht, aber das Zeugs sollte ja sehr gesund sein. Im Milchregal griff ich automatisch nach dem Sahnejoghurt, den er immer so gerne aß. Meine Hand zitterte und ich ließ ihn stehen. Ich griff panisch nach einer Packung Wurst und einem Stück Käse und floh Richtung Kasse. Als ich am Weinregal vorbei kam, musste ich mir auf die Zunge beißen um nicht loszuheulen. Wir hatten doch geplant, noch einmal zusammen in das schöne Restaurant zu gehen! Und ich hätte den Wein aussuchen sollen! Ich zahlte passend und rannte förmlich zu meinem Auto. Alles, alles erinnerte mich an Anders! Ich konnte nichts tun, nichts ansehen, ohne an ihn denken zu müssen. Was war ich doch doof gewesen! Wie hatte ich nur einfach gehen können! Ich war selbst schuld! Ich fuhr, ein jämmerliches Häufchen Elend, nach Hause. Ha! Nach Hause! In Iris' (und meine?) Wohnung. Erst hatte ich als Anhang mit Anders zusammen gewohnt, nun war ich Anhang in Iris' Wohnung. Nicht einmal was Eigenes hatte ich! Ich tat mir sehr leid.

Den ganzen Abend verkroch ich mich vor dem Fernseher. Iris schmierte mir ein paar Brote, legte ein paar Tomaten und Chicoreestreifen dazu und kochte mir eine Kanne Tee. Sie musste noch ein bisschen arbeiten und verzog sich an ihren Laptop, aber es machte ohnehin keinen Unterschied, ob jemand neben mir saß oder nicht. Wie betäubt zappte ich durch das Fernsehprogramm. Überall knutschende Pärchen, heiratende Paare... Verkniffen zappte ich weiter. Da! Ein Mädchen aus einer Vorabendserie erwischte ihren Freund beim Fremdgehen! Das war was für mich. Mit widerlichem voyeuristischem Vergnügen erlebte ich erst mit, wie der Freund seine Freundin mit ihrer Freundin betrog und wie es ihm dann leid tat, sie ihn aber nicht zurück wollte. Mir tat keiner von beiden leid. Im Gegenteil. Sollten sie sich doch trennen! Grimmig sah ich dem Liebeskummer zu. Der Liebeskummer anderer war absurderweise das einzige, das mich tröstete. Wenn Iris nicht selbst den Computer gebraucht hätte, hätte ich mich im Internet auf die Suche nach Liebeskummerseiten gemacht. Ich würde mir einen Computer kaufen! Jawohl! Ohne Internet war man doch kein Mensch mehr.

Mir ging es etwas besser. Ich machte den Fernseher aus. Die blöde Serie war ohnehin zu Ende. Ich überlegte gerade, ob ich in die Badewanne oder ins Bett gehen sollte, da kam Iris aus ihrem Zimmer, um sich etwas zu trinken zu holen. „Geht's dir besser?" fragte sie mich. „Geht so. Ich weiß irgendwie gar nicht, wohin mit mir. Egal, wo ich hingehe, überall erinnert mich alles an Anders. Ich weiß gar nicht mehr, ob es richtig war, dass ich mich von ihm getrennt habe." Ich sank zurück auf das Sofa. „Ich fühle mich so ... scheiße!" Ein besseres Wort fiel mir nicht ein. Iris setzte sich mir gegenüber und zog einen Fuß von mir zu sich heran und fing an, mir den Fuß zu massieren. Ich jammerte, sie massierte, wortlos und trotzdem mitfühlend. Heulend schimpfte ich über mich und die ungerechte Welt. Iris nahm sich meinen anderen Fuß vor. Irgendwann heulte ich nur noch. „Ich bin so unglücklich! Alles habe ich falsch gemacht!" schluchzte ich. Sie ließ meine Füße runter, verschränkte die Arme und lehnte sich zurück. „Bist du jetzt fertig?" fragte sie. Ich sah sie fragend an. „Gesa, ich weiß, dass du unglücklich bist. Aber du hast nichts falsch gemacht! Klar, du hast jetzt Liebeskummer, was hast du denn erwartet? Natürlich fühlst du dich jetzt beschissen! Aber wenn du willst, suche ich diese Liste wieder heraus, die du geschrieben hast! Du hast dich doch nicht leichtfertig von ihm getrennt, du hast es doch versucht! Überhaupt: DU hast dich von IHM getrennt!" „Trotzdem fühle ich mich wie sitzen gelassen." Ich zog die Beine an. „Gesa, ich weiß, das ist jetzt nicht sehr hilfreich, aber das ist normal! Da musst du jetzt durch! Klar trauerst du, weil eure Beziehung zu Ende ist. Aber du darfst jetzt nicht so tun, als würde das immer so bleiben und als wärst du Schuld an allem!" „Ich weiß, dass das nicht immer so bleiben wird, ich bin ja nicht blöd." Ich sah sie an. „Aber trotzdem frage ich mich, ob ich nicht alles kaputt gemacht hab. Vielleicht war er doch der Mann meines Lebens! Und ich hab alles weggeworfen!" Ich fing wieder an zu weinen. Iris stand auf. Als sie wiederkam, hatte sie die Liste in der Hand. „Da! Hier hast du einen Stift. Wenn er der Mann deiner Träume war, dann füll mal deine Tabelle mit ein paar positiven Eigenschaften von ihm! Was war denn so toll an deinem Leben mit Anders?" Ich überlegte. Iris stand wieder auf, griff nach ihrem Glas und strich mir über den Kopf. „Tut mir leid, aber ich muss noch was tun! Dauert aber nicht mehr lange!" Ich schüttelte den Kopf. „Geh ruhig. Ich bin doch kein kleines Kind, auf das du aufpassen musst. Ich komme schon klar. Und danke für die Fußmassage." Ich versuchte, zu grinsen. Sie ging wieder und ich widmete mich der Liste. Nachdem ich einige Male angefangen hatte, etwas aufzuschreiben und es jedes Mal wieder durchgestrichen hatte, sah ich etwas klarer. Was ich vermisste, war die Geborgenheit einer Beziehung, das Gefühl, geliebt zu werden. Das hieß aber leider nicht, dass Anders besonders gut darin gewesen war, mir dieses Gefühl zu vermitteln. Eigentlich hatte ich das ja in der Beziehung auch oft vermisst. Aber es war eben nicht so endgültig außer Reichweite gewesen wie gerade jetzt. Wenn er jetzt käme und mich in den Arm nehmen würde... Ich schüttelte energisch den Kopf. Was ich vermisste, war in jedem Fall nicht das, was hier auf der Liste stand. Das wollte ich nicht zurück. Ich wollte den Anders zurück, in den ich mich verliebt hatte. Den gab's aber nicht. Jedenfalls nicht für mich. Damit musste ich mich abfinden. Ich seufzte. Dann faltete ich die Liste zusammen und steckte sie in mein Portemonnaie. Wenn ich morgen bei meiner Mutter war, würde ich ein paar gute Argumente brauchen können.

Als ich vor der Wohnung meiner Eltern stand und klingelte, fühlte ich mich hin und hergerissen. Einerseits fand ich es großartig, dass ich nicht mehr zu Hause wohnte – ich erinnere mich noch genau an meine Teenager-Zeit und all den Stress, den ich mit meinen Eltern hatte: wegen meiner Zimmereinrichtung, der Räucherstäbchen, meiner Klamotten, der Zeit, zu der ich schlafen ging und der, zu der ich aufstand, wegen der Telefonrechnung, der gemeinsamen Mahlzeiten, meiner Freunde und der Wochenenden... wie gut, dass das alles nun schon so lange her war. Andererseits aber war es auch schön gewesen, von Mama betüddelt zu werden. Sie hatte mich mit Keksen und heißer Schokolade versorgt, wenn es mir schlecht ging und dazu in regelmäßigen Abständen alle alten Osterhasen respektive Weihnachtsmänner eingeschmolzen, sie hatte mich am Telefon verleugnet, wenn ich mit jemandem Knatsch hatte, hatte meine kaputten Jeans vor meinem eifrigen Vater und seiner Nähnadel behütet (jawohl, mein Vater kann nähen!), sie hatte mich getröstet und mir den Kopf zurecht gerückt, wie es Mütter nun mal so tun. Dabei kann sie ziemlich rechthaberisch sein! Das ist ja überhaupt so das ärgerliche mit Müttern – ich nehme an, meine ist da keine Ausnahme: sie haben immer Recht! Wenn sie es nicht haben, setzen sie es trotzdem durch und am Ende stellt man dann fest, dass sie es einem ja doch schon vorher gesagt hatten. Nein – es war wohl doch besser, dass ich nicht mehr zu Hause wohnte. Obwohl... diesmal hat sie es nicht kommen sehen! Oder doch? Während ich noch mit mir haderte und ich mich fragte, ob ich es wohl wirklich hätte besser wissen können und ob es alle außer mir hatten so kommen sehen und sich jetzt wohl ins Fäustchen lachten (welch erniedrigende Vorstellung!), ging endlich die Tür auf. Meine Mutter trug eine von ihren adretten, altmodischen Hausfrauenschürzen, die sie noch von ihrer Mutter hatte und die schätzungsweise aus den 60er Jahren stammten. Als Teenager hatte ich sie immer grausig gefunden, aber mittlerweile waren die Teile richtige Schmuckstücke und sehr stylish. Ich hatte auch mal eine davon, wunderschön, aber leider bin ich ihr mit ca. 12 Jahren entwachsen. Ein Jammer.

„Na, so bedröppelt? Komm doch rein, was stehst du denn noch da herum?" begrüßte mich Mama. „Machst du mal die Tür zu? Ich backe gerade Waffeln. Wenn du willst, kannst du eben die Kirschen andicken, ich bin auch gleich soweit!" Ich rührte also in den Kirschen, tat Zimt und angerührte Speisestärke hinein und meine Mutter hielt ihre Waffeln im Backofen warm. Dann holte sie noch etwas Vanilleeis aus der Truhe und wir setzten uns mit einer Tasse Kaffee auf den Balkon.

Erwartungsvoll sah sie mich an. „Na? Jetzt erzähl endlich!" Ich seufzte. Warum nur war es so schwierig, zu erklären, dass und warum wir jetzt getrennt waren? „Es ist irgendwie einfach passiert!" versuchte ich. „Ich weiß gar nicht, ob ich

Schluss machen wollte." „Also hast du dich jetzt getrennt oder er?" fragte Mama kauend. Ich piekste eine Kirsche auf. „Wir haben uns gestritten und er ist einfach abgehauen. Und ich habe meine Sachen gepackt und bin auch weg." „Dass du immer so voreilig bist! Hast du dir das auch gut überlegt? So eine gute Partie wär der Anders gewesen..." Sie seufzte leise. „Ich hätte mir das so schön vorstellen können, mit euch beiden. Ich habe dir ja immer schon gesagt, dass ihr längst hättet heiraten sollen! Dann wärst du nicht so vorschnell vor dem kleinsten Problemchen davon gerannt!" Böse schaute sie mich an. „Ich hätte mir auch Enkelkinder gewünscht! Alle fragen immer, wann du endlich heiratest! Und jetzt..." Sie schniefte. Nun wurde ich auch böse. „Ist das alles, was dir dazu einfällt?" fragte ich. „Wie ich mich fühle ist wohl Nebensache, was? Und was heißt überhaupt ‚Problemchen'?! Ich glaube kaum, dass du darüber urteilen kannst, ob..." „Ja klar kann ich das nicht beurteilen!" unterbrach sie mich giftig. „Du erzählst ja auch nie was! Nie weiß ich, was du machst oder wie es dir geht! Du hast auch nie erzählt, dass ihr Probleme hattet! Aus allen Wolken gefallen bin ich, als du mir am Telefon gesagt hast, dass ihr euch getrennt habt!" Sie griff hinter sich und hielt mir ihren Waffelberg hin. „Willst du noch eine Waffel?" fragte sie dann. Ich starrte sie an. Das war ja mal wieder typisch meine Mutter. Zum aus der Haut fahren! Nicht einmal richtig streiten konnte man mit ihr. Ohne meine Antwort abzuwarten, packte sie uns beiden noch eine Portion auf den Teller. „Wie ist es denn danach weitergegangen?" wollte sie nun neugierig wissen. „Naja – gar nicht!" überlegte ich. „Wie, gar nicht? Das ist doch keine Trennung, das ist doch... habt ihr nicht einmal telefoniert danach? Hast du gar nichts von ihm gehört?" Sie runzelte die Stirn. „Nein, das ist es ja! Ich dachte, er würde sich melden, er würde... naja, irgendwas tun eben, wenn ihm was an mir liegt, weißt du, was ich meine?" Sie schüttelte den Kopf. „Ja klar", sagte sie. Ich schaute sie fragend an. Sie schüttelte immer noch den Kopf. „Ich verstehe das nicht. Er hat sich nicht gemeldet! Das ist aber nicht schön von ihm. Vielleicht wartet er, dass du dich meldest?" Hoffnung blitzte in ihren Augen auf. „Vergiss es." Ein bisschen tat es mir ja selbst leid. „Ich habe ihn beim Einkaufen gesehen. Mit Armanie." „WAAS? Die beiden gehen schon zusammen einkaufen?" keifte meine Mutter. „Das ist mir ja immer schon komisch vorgekommen, mit diesem Mädchen! Wenn die mal nicht ihre Hände im Spiel hatte! Gesine! Du hast dich von dieser Person ausbooten lassen!" Meine Mutter klatschte mit der flachen Hand auf den Tisch, dass die Kirschen überschwappten. „Mama! Ich habe mich überhaupt nicht ausbooten lassen! Ich gebe ja zu, ich hatte auch gehofft, dass er angekrochen kommt und mich EINMAL ernst nimmt, aber... Mein Problem war nicht Armanie, sondern wie Anders mit ihr und überhaupt allem umgegangen ist. Wenn er nicht so schwierig wäre, wäre Armanie ja auch nie ein Problem gewesen." Meine Mutter nickte verständnisvoll. „Ja, Kind, da hast du auch wieder Recht. Aber trotzdem..." Ich nahm mir noch etwas Eis. War doch schön, mit Mama über alles zu reden. „Jedenfalls hättest du die beiden hören sollen!" mampfte ich erbost. „Also eigentlich hat ja nur Armanie geredet. Erst hörte es sich so an, als würde sie mich verteidigen wollen, aber dann meinte sie, dass Anders für mich viel zu schade ist und dass er froh sein soll, dass er mich so billig losgeworden ist!" Mama stach erbost nach einem Stück Waffel. „Wenn ihr verheiratet gewesen..." „MAMA! Was meinst du, wie froh ich bin, dass ich den nicht geheiratet hab! Ich pfeife darauf, ob er eine gute Partie ist, ich will einen Mann, der zu mir steht oder gar keinen!" Meine Mutter nickte heftig. „Du hast vollkommen Recht! Das hast du überhaupt nicht nötig. Und außerdem..." Ihre Augen glitzerten verächtlich. „Außerdem ist er ja noch gar kein Jurist. Er ist ja immer noch Student! Immer noch! Dauerstudent! Aber sein Papa zahlt ja! Wer weiß, wann der mal eigenes Geld verdient! Da hättest du womöglich noch lange warten können!" Ich musste lächeln. Meine Mutter hatte sich offensichtlich mit der Trennung abgefunden. „Wie hat Papa denn reagiert?" fragte ich. Mama sah mich schuldbewusst an. „Der weiß es noch nicht." Verblüfft legte ich den Kopf schief. „Wie jetzt?! Warum hast du es ihm denn nicht erzählt?" Verlegen nestelte Mama am Tischtuch herum. „Ich hatte eben gedacht, vielleicht renkt sich alles wieder ein und... das hätte er ja dann nicht wissen müssen." Sie wurde rot und fügte trotzig hinzu: „Wenn Papa heute Abend kommt, kannst du es ihm ja selbst erzählen." „Mal sehen." Ich hatte nicht vor, dieses Gespräch noch einmal zu führen. Obwohl mein Vater eigentlich nie so Anders-begeistert gewesen war, wie meine Mutter. „Warum hast du denn nie erzählt, dass ihr Probleme hattet? Du kannst doch mit allem zu uns kommen, das weißt du doch!" Sie stand auf, um noch etwas Kaffee zu holen und strich mir über den Kopf. „Ach Kind! Ich will doch nur, dass du es gut hast! Willst du noch eine Waffel?" Ich schüttelte den Kopf. Sie kam mit der Kanne wieder und schenkte uns den Rest ein. „Soll ich noch welchen kochen?" Ich schüttelte wieder den Kopf. „Wie fühlst du dich denn jetzt?" Ich überlegte. „Ich weiß es nicht. Eigentlich gar nicht schlecht. Ich wohne jetzt bei Iris, sie hat mir Lukas' altes Arbeitszimmer frei gemacht..." Mama strahlte. Iris kannte sie schon seit meiner Kindheit. Achselzuckend legte ich den Kopf schief. „Das ist schon toll und ich wohne echt gern mit ihr zusammen, aber trotzdem..." Ich seufzte. „Mal geht es eben besser und mal nicht", sagte ich schließlich ausweichend. Mama nickte mitfühlend und streichelte meine Hand. „Immerhin hast du dich von ihm getrennt und bist nicht sitzen gelassen worden!" trumpfte sie schließlich auf. „Und die Iris ist ja auch noch nicht verheiratet!" fügte sie noch hinzu. Das schien sie seltsam tröstend zu finden.

Ich wollte dann doch lieber gehen, ehe mein Vater kam. Mama versprach, ihm alles zu erzählen. Wie ich Papa kannte, würde er das Ganze ohnehin weit weniger aufregend finden als Mama oder ich. Manchmal dachte ich, mein Vater braucht einen Schwiegersohn so dringend wie ein Baumhaus am Amazonas.

Opas Geburtstag

Das nächste, was anstand, war Opas Geburtstag. Genauer gesagt, der Geburtstag von Opa Flockenhaus, dem Vater meiner Mutter. Ansonsten hatte ich noch Opa Willi und Oma Irmgard. Opa Flockenhaus hieß auch Willi mit Vornamen und irgendwie war zu meiner Kindheit diese Anrede entstanden und geblieben.

Opa Flockenhaus war ein allein stehender älterer Herr, seit einigen Jahren verwitwet, er hörte nicht mehr ganz so gut und hatte einen ziemlichen Dickschädel. Es war nicht gerade einfach gewesen, ein Geburtstagsgeschenk für ihn zu finden. Früher hatte man ihn immer mit Zigarren glücklich machen können, aber die erlaubte ihm der Arzt nicht mehr. Aus reiner Verzweiflung hatte ich mich entschieden, ihm einen Gutschein für eine Fußpflege zu schenken. Das ist zwar eigentlich eher ein Frauengeschenk, aber seine Füße würden es sicher nötig haben.

Als ich nachmittags vom Büro gehetzt kam und nun an Opas Garderobe stand, hörte ich Geflüster im Wohnzimmer. Außer mir waren wohl schon alle da, meine Mutter, meine Tante, mein Onkel, meine Cousine, Oma Irmgard und Opa Willi, die Nachbarn usw. „Wer ist getrennt?" krächzte Opa. Ich wurde rot. Am liebsten wäre ich wieder gegangen. „Vom wem?" fragte er laut. „Warum denn?" Irgendjemand machte ein „Schscht!!"-Geräusch und schiefe, verlegene Blicke schielten mir entgegen, als ich endlich das Wohnzimmer betrat. Nur Opa starrte mich ungeniert und neugierig an. Ich gab ihm einen Geburtstagskuss und gratulierte ihm – er war sogar rasiert! – und überreichte, immer noch mit rotem Kopf, meinen Gutschein. Nachdem er verlangt hatte, dass meine Tante ihm vorliest, schaute er sprachlos auf seinen Gutschein,

dann auf mich und dann auf seine Füße. Dann gackerte er leise und meinte: „Sag der Fußpflegerin, sie soll ihr extra grobes Schmirgelpapier auspacken. Solche Schindeln wie meine hat die noch nie gesehen!" Meine Tante knuffte ihn in die Seite und legte den Gutschein auf den Gabentisch, auf dem eine Flasche Obstler, ein Blumenstrauß, Socken und Stofftaschentücher lagen. Die anderen waren offenbar auch nicht kreativer gewesen als ich, dachte ich schadenfroh. Ehe noch jemand etwas zur Fußpflege im Allgemeinen und Opas Hornhaut im Besonderen sagen konnte, wechselte Tante Sophie entschieden das Thema. Ob denn jemand den Spielfilm gestern Abend gesehen hätte. Oh ja, man hatte. Opa war ganz angetan gewesen, vor allem von der Hauptdarstellerin. „Diese Cosima Hagen!" seufzte er. „Hätte ja nie gedacht, dass bei der Mutter..." „Sie heißt nicht Cosima, sie heißt Cosma Shiva!" warf ich ein. Opa sah mich strafend an. „Die Mutter konnte ich noch nie leiden, diese schräge Kanaille!" sagte er ärgerlich. „Aber diese Cosima!"
Ich gab es auf. Oma Irmgard tätschelte meine Hand und sah meine Mutter und Tante Sophie an. „Habt ihr denn keinen netten Freund für Gesine? Ich möchte doch schließlich noch meine Urenkel kennen lernen!" Mutter und Tante sahen sich betreten an. „Omma!" entfuhr es mir entgeistert. Betrübt sah Oma Irmgard in die Runde. „Ich hatte immer gehofft, dass ich mal eine ‚Ohma' sein würde! Nie hätte ich gedacht, dass ich einmal als ‚Omma' enden würde!" Diesen Standardvortrag zur Verhunzung der deutschen Sprache im Ruhrgebiet hatten wir schon oft hören müssen. Opa Willi lachte und zwinkerte mir zu. „Sei froh, dass du überhaupt Enkelkinder hast!" sagte er.
Es klingelte wieder. Diesmal war es mein Vater, der endlich von der Arbeit kam und jetzt waren wirklich alle da. Tante Sophie, die das Zepter in der Hand hielt, erklärte, nun würden wir Kuchen essen. Sie und meine Mutter hatten

ordentlich aufgefahren und jetzt kam auch endlich der nettere Teil des Nachmittags. Jeder musste mindestens drei Stücke Kuchen essen und Opa verlangte, dass jemand Schnapsgläschen holte, damit er seinen Geburtstags-Obstler probieren könne. Tante Sophie wollte davon nichts hören. „Wir sind ja hier bei anständigen Leuten! Wirklich, Vater, um die Uhrzeit! Das muss doch nicht sein." Opa aber machte so ein Theater, bis mein Vater schließlich aufstand, um ihm seinen Obstler zu geben und Schnapsgläser zu holen. „Das ist schließlich MEIN Tag und MEIN Schnaps und ich entscheide selbst...!" – grollend machte Opa die Schnapsflasche auf und schnupperte. Er lächelte zufrieden und nickte meinem Vater freundlich zu. Der machte ein Glas nach dem anderen voll und Opa verteilte seine Gläser großzügig am ganzen Tisch. Nur Mama lehnte ab und Tante Sophie, die sich schmallippig die Szene beguckte, bekam von Opa erst gar keinen Schnaps angeboten. Mein Vater hatte natürlich bei Opa nun einen Stein im Brett und die beiden pichelten sich einen nach dem anderen. Auch meine Mutter sah mittlerweile recht schmallippig aus. Opa erzählte irgendwelche alten Kamellen aus seiner Jugend und von seinem Küchendienst beim Militär. „Einen Fraß haben die uns da vorgesetzt! Was wir da haben essen müssen! Auch danach! Es war ja nichts da!" Er hob mahnend den Zeigefinger. Kuchen habe es ja gar nicht gegeben, dafür sei weder Mehl noch Zucker dagewesen. Wie glücklich konnten sie sich schätzen, dass sie zu Hause wenigstens ein paar Hühner besessen hatten und alle hätten immerzu Bucheckern sammeln müssen, die dann zu Mehl zerrieben wurden. Daraus konnte man dann Pfannkuchen und was-weiß-ich-noch-alles machen und die seien gar nicht mal schlecht gewesen.

Hühner! Das war das Stichwort für meinen Vater und er erzählte die Geschichte mit der Hühnersuppe. Ich kenne sie seit Jahren auswendig, kann mich aber immer noch nass machen vor Lachen, wenn er davon anfängt. Als er noch jung war und frisch verliebt in meine Mutter, wurde diese krank und lag mit einer dicken Erkältung im Bett. Um sie zu beeindrucken und ihr zu beweisen, wie er sich um sie sorgte, hatte er beschlossen, ihr eine Hühnersuppe zu kochen. Er war also in den Supermarkt gelaufen und hatte unschlüssig vor den gefrorenen Suppenhühnern gestanden. Eine ältere Dame hatte ihm dann aber erklärt, ein gutes Suppenhuhn müsse er beim Schlachter kaufen. Also war er in die Metzgerei gegangen. Er hatte souverän nach einem schönen Suppenhuhn gefragt und hatte dann noch beiläufig wissen wollen, ob er auf irgendetwas besonderes achten müsse. Der Metzger hatte ihm ein hübsches Huhn eingepackt und nur knapp gesagt, er müsse es mit 2,5 Litern Wasser aufgießen und dürfe nicht vergessen, den Schaum abzuschöpfen. Mein Vater hatte noch nie gehört, dass Hühner schäumen, mochte aber nicht nachfragen. Wie hätte er vor dem Metzger dagestanden. Zu Hause hatte er sein Huhn ausgepackt und erst einmal angefangen, es von dem Knochen abzulösen. Nach anderthalb Stunden hatte er den Vogel endlich entbeint. Er wusste von meiner Oma, dass man für Rinderboullion die Knochen auskocht, nach kurzer Inspektion der Hühnerknöchelchen war ihm dies jedoch nicht notwendig erschienen und er hatte das Gerippe weggeworfen. Dann hatte er sich das Hühnerfleisch vorgenommen. Wohl wissend, dass seine Angebetete sich vor Schwabbelfett ekelte - er wusste auch von der Gefahr hoher Cholesterin-Werte und hatte schließlich noch nie eine Hühnersuppe mit Haut gesehen – hatte er großzügig alles abgeschnippelt. Nach einer weiteren Stunde war eine kleine Handvoll Hühnerfleisch übrig geblieben. Papa hatte inzwischen eingesehen, dass er das Hausfrauendasein und vor allem das Kochen von Hühnersuppe bis dato völlig unterschätzt hatte. Schnell hatte er die Fleischbrocken in einen Kochtopf geworfen, drei Liter Wasser dazugetan und das Ganze kochen lassen. Sehr zu seinem Ärger hatte sich kein Schaum gebildet, den man hätte abschöpfen können. Wenn er so genau überlegte, hatte er sich ja von Anfang an nicht vorstellen können, dass Hühner schäumen. Der Blödmann von Metzger hatte ihn wohl hochgenommen! Sehr verdrossen hatte er dann beschlossen, nie wieder in besagter Metzgerei einzukaufen.

Nach einer weiteren Stunde hatte er hoffnungsvoll in seinen Topf geschaut. Er war etwas leerer geworden, aber wie Suppe sah das Ganze noch nicht aus. Klar! War ja auch kein Gemüse drin. Nach kurzem Überlegen und einem Blick auf die Gemüsevorräte hatte er eine grob zerstückelte Möhre und eine großzügige Menge Muschelnudeln in den Topf geworfen. Etwas Salz, etwas Pfeffer – fertig. Mitsamt Topf war er zu meiner Mutter geeilt, die ihm schwach die Tür geöffnet hatte und außer sich vor Freude gewesen war, als sie hörte, er habe für sie gekocht. Mein Vater hatte sich schnell frisch gemacht und war dann in die Küche geeilt, um zu sehen, wie seine Suppe ankam. Meine Mutter hatte ihn etwas ratlos angeblickt. „Du hast vergessen, das Nudelwasser abzuschütten!" hatte sie vorsichtig gesagt.
Opa wieherte vor Vergnügen und wischte sich die Lachtränen aus den Augen. „Hast du denn vorher nicht probiert?" fragte meine Cousine erstaunt. Mein Vater zuckte mit den Achseln. „Aber er hat es gut gemeint! Ich habe mich trotzdem sehr darüber gefreut!" strahlte meine Mutter und nahm sich auch einen Schnaps. „Leider hat er nie wieder für mich kochen wollen!" Alle lachten. „Und das schöne Holzbrett!" seufzte sie dann. Den Teil der Geschichte kannte ich noch nicht. „Was für ein Holzbrett?" fragte ich erstaunt. „Dein Vater", grinste meine Mutter, „hat das

bedauernswerte Huhn auf einem schönen großem Holzbrett zerkleinert und das Fleisch darauf geschnitten…" Jaja, typisch Mann: Er hatte die vielen kleinen Reste Fleisch und Fett darauf eintrocknen lassen. Nur mit dem Excenter-Schleifer waren sie wieder zu entfernen gewesen.

Eigentlich war es dann noch ein ganz netter Nachmittag. Tante Sophie verschwand irgendwann in der Küche, um die Würstchen für den Kartoffelsalat warm zu machen. Obwohl wir alle so viel Kuchen hatten essen müssen, langten wir abends beim Kartoffelsalat wieder richtig zu. Opa Flockenhausens Geburtstagsobstler war längst leer, und zum Ärger meiner Tante wurde noch eine zweite Flasche aufgemacht. Als die letzten Gäste gingen, lag Opa bereits laut schnarchend im Bett.

Typveränderung

Meine Stimmung glich einer Berg- und Talfahrt. Ich war entsetzlich unausgeglichen. Mal fühlte ich mich euphorisch und war glücklich, der blöden Beziehung mit dem noch viel blöderen Anders noch knapp entronnen zu sein, dann wieder heulte ich der trauten Zweisamkeit hinterher, dem Kuscheln, Händchen halten (nicht, dass wir das in letzter Zeit oft getan hätten) und überhaupt dem Gefühl, dass da jemand war, der mit mir das Leben verbringt. Ich vermisste die Sicherheit, die mir eine feste Beziehung gab: das nicht-mehr-auf-der-Suche-sein und das beruhigende Gefühl, nicht als alte Jungfer enden zu müssen. Jetzt musste ich mich wieder bei jedem Mann, der meinen Weg kreuzte, fragen, ob er mich wohl attraktiv fand. Es kam ja gar nicht darauf an, welchen Mann *ich* attraktiv fand, sondern zunächst einmal nur auf meinen aktuellen Marktwert oder ob ich mir Sorgen machen musste. Schlimmstenfalls waren es ja immer diese seltsamen Jüngelchen, die sich mit Mitte Dreißig noch immer morgens von Mama die Sachen herauslegen ließen, bei Mama wohnten, aßen und in ihrem ganzen Leben noch nie selbst ein Butterbrot geschmiert hatten, die sich für mich interessierten. Eben totale Langweiler. Und was würde ich tun, wenn nun nur noch solche „Männer" Interesse an mir zeigten?

Auf dem Weg zur Arbeit hatte mir heute Morgen schon so ein unheimlicher Zeitgenosse zugelächelt! Mit gestricktem Pullunder und V-Ausschnitt und einer Hose, die vermuten lässt, dass er nicht einmal wusste, was eine Jeans war. Ich wollte mir gar nicht vorstellen, was er wohl darunter trug! Nicht für die Erhaltung der Menschheit wollte ich mit so einem eine Tasse Kaffee trinken gehen, geschweige denn... Äh. Angewidert hatte ich weg geschaut und ein Stoßgebet gen Himmel geschickt, dass er mich nicht anspricht. Ich kann doch so schlecht unhöflich sein. Ich würde mir ein paar schnepfige Sprüche zurecht legen müssen, damit ich mich in Zukunft gegen diese Pullunderträger zur Wehr setzen könnte. Mit schlechter Laune war ich im Büro angekommen und der Tag war auch gleich entsprechend weiter gegangen. Wir sollten eine neue Internetleitung kriegen und Herr Krimmelbein beäugte misstrauisch den türkischen Arbeiter, der im Blaumann aufkreuzte und sich gelassen die Lage besah. „Du legen neue Leitung für Internet?" schrie Herr Krimmelbein, wobei er jedes Wort deutlich betonte. Der Türke starrte ihn überrascht an und nickte dann langsam. „Ja, da!" sagte er und zeigte an die Wand hinter Frau Chlupka-D's Schreibtisch. Dann wandte er sich neugierig wieder dem Chef zu. „Woher Sie kommen?" wollte er wissen. Herr Krimmelbein begriff nicht und versuchte, durch heftiges Schulterzucken und ausladende Gesten deutlich zu machen, dass er nicht verstand. Etwas genervt zeigte der Türke auf den Chef und fragte dann: „Welche Nationalität?" Der Chef starrte ihn immer noch verdutzt an. „Na, deutsch!" sagte er dann. Der Türke wandte sich abfällig wieder der Wand zu und blickte Herrn Krimmelbein über die Schulter an. „Sprechen aber schlecht deutsch!" bemerkte er noch und fing dann an, die Stelle auszumessen, wo die Leitung durch die Wand ins nächste Büro gehen sollte.

Herr Krimmelbein verschwand dann mit rotem Kopf in seinem Büro – ob vor Wut oder vor Verlegenheit konnte ich nicht sagen. Jedenfalls musste dann von jedem Raum in unserem Flur ein Verbindungsloch ins Nachbarzimmer gebohrt werden, damit die Leitung von einem Raum zum anderen gezogen werden konnte. Es war laut, staubig, man konnte weder telefonieren, noch sich auf irgendetwas konzentrieren.

Der Arbeiter war schnell und verschwand nach einem höflichen Kopfnicken mit stolz erhobenem Haupt aus unserem Büro. „Unmöglich, der Chef!" knurrte Frau CD. „Was der jetzt wohl gedacht hat!" Sie nickte in Richtung Loch in der Wand. „Mach dem mal einen Kaffee. Der hält uns sonst alle für Unmenschen!" Sie wandte sich wieder ihrer Arbeit zu und seufzte wohlig, weil der Lärm weitergezogen war. War ja klar. Den Kaffee konnte natürlich wieder die blöde Gesine kochen. Ich nahm ein kleines Tablett und stellte eine Tasse Kaffee, etwas Zucker und ein paar Töpfchen von der abgepackten Kondensmilch darauf und ging dem Lärm nach. Schnell hatte ich unseren Arbeiter auf dem Flur entdeckt. „Möchten Sie eine Tasse Kaffee?" fragte ich. Freudig überrascht sah er mich an. „Danke!" nickte er dann und ließ seinen Bohrer sinken. Dann flüsterte er: „Chef ist immer so komisch? Ich gut höre und bin nicht blöd!" Ich musste grinsen. „Schon klar" sagte ich. „Der Chef meint das nicht böse. Aber er ist eben manchmal ein bisschen..." Hilflos suchte ich nach dem richtigen Wort. „Blöd!" ergänzte der Türke und nickte mir verständnisvoll zu. Dann zuckte er die Achseln und machte eine abwinkende Handbewegung. „Chefs!" sagte er verächtlich und schlürfte seinen Kaffee. Dann grinste er mich an und machte sich wieder an der Wand zu schaffen.

Ich marschierte ins Büro zurück. Ich fand heute auch alles doof. „Ich brauche ein paar zackige Sprüche, damit ich mir all die Muttersöhnchen und sonstige Blödmänner vom Hals halten kann!" erinnerte ich mich. „Hat er dich angemacht?" quiekte Frau CD begeistert. „Wer?" fragte ich verständnislos. Endlich begriff ich. „Ach was!" Ich schüttelte ungeduldig den Kopf und erzählte von meinem Erlebnis am frühen Morgen. „Wenn der Waldschrat nun gefragt hätte, ob ich mal einen Kaffee mit ihm trinken gehe! Was hätte ich dann nur gemacht?" Ich wand mich vor

Grauen in meinem Bürostuhl. „Dann sagst du halt: danke nein! Wie dämlich müsste einer sein, um das nicht zu verstehen! Da musst du dir doch nichts zurecht legen!" Sie schüttelte den Kopf. „Ihr Mäuschen von heute seid ja sowas von hilflos und unselbständig. Mit sowas hatte *ich* keine Probleme!" Missmutig blickte ich über den Schreibtisch. *Die* hatte gut reden! Das einzige, was ihr von ihrem Mann geblieben war, war dieser unsägliche Doppelname. *Ihn* hatte sie sehr rasch erfolgreich in die Flucht geschlagen. Die hatte ja keine Ahnung. Obwohl – von „Männer-loswerden" ja wohl doch. Ich beschloss, zu Hause, in der Sicherheit der vertrauten vier Wände, ein überzeugendes, überlegenes „Nein, danke!" zu üben. Ich hätte ja gern jetzt gleich auf der Toilette geübt, aber man wusste ja nie, wer einen da belauschte. Trotzdem ärgerte ich mich. Worüber noch gleich? Ach ja: „Ich bin kein Mäuschen!" schnaubte ich empört, als mir endlich einfiel, was mich so gekränkt hatte. „Jaja, weiß ich ja, Gesine", kam es nicht sehr überzeugend von Frau CD. Ärgerlich warf ich meinen Kuli auf den Schreibtisch, wo er natürlich auftickte und herunter fiel. Während ich noch unter dem Schreibtisch krabbelte, kam ein weiterer Arbeiter im Blaumann herein. „Hier soll es irgendwo so eine blonde Maus geben, von der Mann Kaffee bekommen kann!" tönte er und sah sich suchend um. Dann blieb sein Blick an Frau CD hängen und er zog die Augenbrauen hoch. „Sind Sie das?" Ich erstarrte unter meinem Schreibtisch. Frau CD zog ebenfalls die Augenbrauen hoch – ich konnte das *hören!* – und sagte nur knapp: „Die taucht bestimmt gleich wieder auf und bringt Ihnen dann auch einen Kaffee." Zufrieden verschwand der Mann wieder. Als ich mich wieder hoch gerappelt hatte, sah mich Frau CD zufrieden an. Ihr war genauso wenig wie mir entgangen, dass dieser unmögliche Typ *sie* nicht als Maus bezeichnet hatte.

Ich hatte die Nase voll von Männern. Ich grapschte nach der hässlichsten Tasse, die ich in unserem Schrank finden konnte, füllte sie mit Kaffee und knallte sie neben dem Arbeiter auf den Boden. Sollte der es ja nicht wagen, nach Milch und Zucker zu fragen! Ich funkelte ihn an und machte wortlos auf dem Absatz kehrt. „Rassig!" hörte ich ihn seinem Kumpel zuraunen. Ich gefror förmlich. „Kann ich dich nach Feierabend zu was einladen?" Ich drehte mich um. „Nein, danke!" keifte ich schrill.

Irgendetwas musste ich unternehmen! Auf jeden Fall musste ich zum Frisör. Und wenn ich mir lila und grüne Strähnen machen lassen musste – nie wieder würde mich jemand als ,Maus' bezeichnen!

Iris und ich beratschlagten an diesem Abend ausführlich, zu welchem Frisör ich gehen sollte. Bisher war ich immer mal hier, mal dort hin gegangen, aber nichts hatte mich wirklich überzeugt, so viel Geld für ein paar Ratscher mit der Schere herzugeben und meist hatte ich am Ende meine Spitzen selber geschnitten. Aber nun war das Maß voll. Grimmig blätterte ich im Telefonbuch und den gelben Seiten. Iris schließlich fand eine sehr stylische Internetseite von einem In-Frisör in der äußeren Innenstadt. Ich konnte sogar per Internet einen Termin ausmachen! Das waren die richtigen Leute für mich!

Der Laden sah schon von außen total modern aus und die Mädchen, die in dem Laden arbeiteten, waren geradezu beängstigend cool. Beinahe hätte ich mich nicht hinein getraut. Ich ging zur Rezeption und wurde von einer braun gebrannten Dunkelhaarigen mit schrägem Kurzhaarschnitt und Strähnchen in allen Farben gemustert. „Hast du einen Termin bei uns?" fragte sie mich. Ich nickte. „Um 15.30 Uhr." „Gesine?" fragte sie und blickte noch mal an mir herunter. Dann nickte sie mitleidig und verständnisvoll und wies mir einen Sitzplatz zu. Sie öffnete die Tür zu einer kleinen Teeküche, aus der eine deutliche Qualmwolke in den Laden zog. „Dennis?! Du hast eine Kundin!" erklärte sie und kam mit einem schlanken, jungen Mann wieder, der braun war wie ein Bratwürstchen. Er hatte ebenfalls schwarze Haare, allerdings mit unterschiedlich langen Strähnen in verschiedenen Blondtönen, die sich zu einem schwer zu beschreibenden Gesamt-Arrangement vereinten. „Na? Was kann ich denn für dich tun?" näselte er mit professioneller Begeisterung. „Ich möchte mich verändern!" erklärte ich tapfer. Er nickte mit zusammengepressten Lippen. „Verständlich", meinte er dann. „*Was* hast du dir denn so vorgestellt?" Tja. Eine gute Frage. Eigentlich hatte ich mir noch gar nichts vorgestellt. Nur wollte ich auf keinen Fall so aussehen wie er oder seine Kollegin. Ängstlich schielte ich zur Anmeldung. Dennis tätschelte beruhigend meinen Arm. „Aaaach, mach dir mal keine Sorgen! Wir werden dich gaaaanz toll hinkriegen!" Er fischte ein paar Zeitschriften hervor und blätterte emsig. Er präsentierte mir einen ganzen Haufen an Frisuren und erstaunlicherweise waren die alle ganz hübsch, die er mir zeigte! „Vielleicht was mit Locken?" fragte ich begeistert, als ich eine üppige Mähne entdeckte. So wollte ich auch gern aussehen! „Neinneinneinneinnein!" widersprach Dennis. „Bei *dir* müssen wir *Farbe* reinkriegen! Deine Haarfarbe ist ja dieses *fiese* Mausbraun!" Ich schluckte. „Mein... ein...Bekannter von mir hat mal gesagt, das sei spülwasserblond!" sagte ich betrübt. Die Umschreibung traf bei Dennis auf große Begeisterung. Auch die buntgesträhnte von der Anmeldung kicherte und fand, das sei wirklich genau die passende Beschreibung und dass sie sich das unbedingt merken müsse. Aber wollte ich nun hellere oder dunklere Haare? „Neinnein, kein Blond!" echauffierte sich Dennis. „Das ist nichts für dich! Blond geht überhaupt nur, wenn man mindestens vier oder fünf verschiedene Blondtöne kombiniert, das ist nichts für dich!" Da mochte er Recht haben. Da würde ich ja bis ans Ende meiner Tage bei ihm die Ansätze nachfärben lassen müssen. Dabei gab es doch im Drogeriemarkt diese praktischen (und günstigen) Haarfärbemittel für den Ansatz! Also kein blond. Vielleicht rot? Dennis fiel beinahe in Ohnmacht. „Aaaach, wirklich, nein, das geht diese Saison gar nicht! Neinneinnein!" Entschlossen griff er nach ein paar dunklen Haarsträhnen. „Wir färben erstmal Schokoladenbraun als Grundton!" erklärte er, „und dann highlighten wir in Karamell, Cappuccino und vielleicht auch ein wenig Vanille." Er legte den Kopf schief und nickte langsam. Ich konnte mir das nicht sehr bildlich vorstellen, fand aber, dass sich das alles ganz lecker anhörte. Ich nickte also bestimmt. „Ja! Das ist es! So machen wir es!" Dennis sah mich ernst an, aber seine Augen blitzten mit wachsender Begeisterung. „Und dann müssen wir natürlich Konturen schaffen!" Ich lehnte mich entspannt zurück. Dennis holte mir eine Tasse Kaffee und eine Zeitschrift und legte los. Im Nachhinein hätte ich mir ruhig ein paar Bücher mitbringen können. Erst fragte er, ob ich irgendwelche leave-ins benutzt hätte. Kuhäugig blickte ich ihn an. Irgendwelche Kuren, die man nicht auswaschen muss? Ach so. Nee, hatte ich nicht. Also kam eine schokobraune Pampe auf meinen Kopf, wurde schön einmassiert und abgedeckt und ich konnte mich erst einmal in Ruhe über den neuesten Transparent-Trend informieren. Außerdem waren offenbar gerade Pyjamas salonfähig. Irgendwann wurden die Haare dann mehrmals ausgewaschen und einige Strähnchen mit unterschiedlichen Pasten bestrichen und in Alufolie eingedreht. Wieder warten. Ich las nach, wie ich meine Liebe vor einer Krise hätte schützen können. Offensichtlich alles eine Frage des Geldes. Wenn man erst sein Geldverhaltensmuster mit Hilfe eines

Psychotests analysiert hatte, konnte man es mit dem des Partners abgleichen und erfuhr dann, wegen welcher finanziellen Probleme man sich am wahrscheinlichsten streiten würde. Na, vielen Dank. Wieder wurden mir die Haare gewaschen. Eine schicke Azubi frottierte meine Haare mit einem schwarzen Handtuch. Ihre gepflegten Hände mit den kunstvoll verzierten Nägeln sahen eigentlich nicht aus, als könnten sie auf Dauer irgendeine Arbeit verrichten, aber nun kam auch schon Dennis wieder. Er roch nach Zigarettenrauch. Er kämmte und klemmte fast alle meine Haare sorgsam auf meinem Kopf fest. Dann löste er nacheinander einige Strähnen von meinem Kopf, schnitt daran herum, klemmte wieder fest, löste auf beiden Seiten, verglich die Länge und klemmte wieder fest. Irgendwann wurden es immer weniger Klammern und die Frisur nahm Kontur an. Mit wachsender Begeisterung verfolgte ich im Spiegel das Geschehen. Ich hatte erst sehr spät begriffen, dass ich das ja war, die mir da im Spiegel entgegen blickte. Endlich war er fertig und die Azubi kam zum Trockenfönen. Von vorn sah die Frisur fast aus, wie ein längerer Bob, allerdings waren die hinteren Haare unten deutlich länger und fielen in langen, glänzenden Strähnen bis auf meine Schultern. Das Ganze war sehr schwer zu beschreiben, aber ich fand mich unglaublich schön. Ich sog die Luft ein.
Wie auf Watte ging ich nach vorn, um zu bezahlen. Dennis nickte mir zufrieden zu und ich strahlte ihn an. Ich zahlte eine Unsumme, von der ich mir locker zwei Paar Schuhe hätte leisten könnten, aber das war es mir Wert gewesen. Ich würde zwar für den Rest des Monats von Salatgurken leben müssen, aber wen störte das schon? Wie gut, dass ich den Sauna-Gutschein für Iris' Geburtstag schon vor Wochen gekauft hatte!
Ich brauchte unglaublich lange für den Heimweg, weil ich an jedem Schaufenster stehen blieb, um mich zu bewundern. In

zwei Wochen, wenn ich dank meiner unfreiwilligen Salatgurkendiät auch noch abgenommen haben würde, würde ich atemberaubend schön sein.

Party-Vorfreude

Als ich nach Hause kam, wartete ich ungeduldig auf Iris. Leider kam sie erst etwas später und ich räumte ungeduldig ein wenig in der Wohnung herum, wusch ein paar Teller und saugte die Wollmäuse weg. Endlich hörte ich den Schlüssel in der Tür und da kam sie auch schon hereingestürmt und pfefferte schwungvoll ihre Sachen in eine Wohnzimmerecke. „Zeig dich!" verlangte sie laut und drehte mich übermütig im Kreis herum, als ich strahlend und mit einem lauten „Tata!" ins Zimmer kam.

„Das sieht total klasse aus!" freute sie sich. „Haben wir noch ne Flasche Sekt kalt?" Hatten wir natürlich nicht. „Egal", befand ich, und fischte einen Beutel Eiswürfel aus dem Tiefkühlfach. Wir tranken also lauwarmen Sekt auf Eis – mit ein bisschen gutem Willen geht alles! – und ich schwamm in Seligkeit. Iris machte noch ein paar Fotos von mir und dann hingen wir träge auf der Couch. „Da muss ich vor meinem Geburtstag auch noch hin, zu dem Frisör!" meinte Iris. Ich schoss von meinem Sofakissen hoch. „Dein Geburtstag! Der ist ja schon ganz bald! Wolltest du nicht eine Party machen?" Iris zupfte sich träge ein Löckchen aus der Stirn. „Hmm, ja, eigentlich schon. Bisschen kurzfristig, oder?" „Aaach!" Ich winkte ab. „Wir sind doch spontan! Das wär doch gelacht, wenn wir nicht ein nette kleine Party zusammen kriegen!" Iris grinste und rappelte sich hoch, um einen Stift und einen Zettel zu holen. „Also, wir beide sind zwei, Nadja und Timon..." Sie kritzelte weitere Namen auf den Zettel. Erst die Kollegen von der Arbeit, dann ein paar Kollegen von früher, ein paar übrig gebliebene Schulfreunde aus Teenie-Tagen... Sie sah auf. „Zwanzig Leute. Habe ich jemanden vergessen?" „Hattest du nicht schon mal eine Liste gemacht? Da waren, glaub ich, mehr drauf! Schau doch mal in dein

Handy oder in deinen Kalender!" schlug ich vor. Iris angelte vom Sofa aus mühsam nach ihrer Tasche, die zusammen mit ihrer Jacke neben der Couch in der Ecke lag. Tatsächlich fanden sich noch einige, die sie vergessen hatte, mit Anhang waren ca. 30 Leute zu erwarten. Ich holte Iris' Laptop und wir entwarfen eine kurze Einladung. „Mitbring-Party?" fragte ich. „Nee, das machen wir selbst!" entschied Iris. „Sonst krieg ich ja keine Geschenke. Du hilfst mir doch, ne, Gesinchen?" Ich legte den Kopf schief. „Hmmm... och jo... Könnte ich ja machen!" sagte ich zögernd. Iris bewarf mich mit einem Kissen. Ich duckte mich lachend und machte ihr Adressbuch auf. Wir verschickten die Einladung an fast alle auf der Liste. In ihrer Adressliste fand Iris dann nochmal zwei Typen, die wir auch noch einluden. Von ein paar Leuten hatte sie keine Adresse, die bekamen eine SMS. So. Party war eingestielt. Jetzt gab es kein Zurück mehr.

Ich griff nach einem neuen Zettel und notierte „Menüplan". „Hast du den Zettel noch, den wir im Sahneschnittchen angefangen hatten?" fragte ich. Er war natürlich nicht mehr aufzufinden. Ein wenig mühsam bastelten wir unseren Menüplan wieder zusammen. Iris gähnte laut. „Uah! Den Rest machen wir morgen oder so. Ich muss ins Bett." Ich stand auf und zog sie hoch. „Bringst du jetzt mich ins Bett oder muss ich dich ins Bett bringen?" Iris beäugte mich skeptisch. Ich bot ihr meinen Arm. „Darf ich die Dame zu ihrem Schlafgemach begleiten?" Huldvoll nahm sie meinen Arm und gemeinsam eierten wir durchs Wohnzimmer. Ich setzte sie an ihrem Bett ab. „Soll ich dir noch einen Waschlappen bringen?" grinste ich. Iris winkte ab. „Machichmorgn." Sie strampelte sich ihre Jeans vom Leib und kroch dann unter ihre Decke. Mit einem heftigen Gähnen kuschelte sich dann wohlig in ihr Kissen. Ich beschloss, dass ich auf Zähneputzen und Gesichtswäsche heute Abend auch verzichten würde und verzog mich in mein Bett. Im Geiste ging ich kurz die Liste durch und überlegte, wie viele der eingeladenen Personen Pärchen waren und wie viele Single – und vor allem: wie viele von den Singles waren Männer? Dann stutzte ich erstaunt. Warum wollte ich das überhaupt wissen? Wollte ich wirklich schon eine neue Beziehung? Ich drehte mich im Bett herum und stützte mich auf die Unterarme. Die erste Party ohne Anders. Genau genommen war die Party ja der Auslöser für die Trennung gewesen... Alleine auf einer Geburtstagsfeier war blöd. Erst Recht, wenn so viele Pärchen da waren, die alle von der Renovierung ihres neuen Hauses, Kinderzimmers, von ihrer geplanten Hochzeit oder sonstigen interessanten Dingen erzählten... Manche unterhielten sich zwar auch über andere Dinge, aber das selbstverständlich eingeworfene „Mein Mann hat..." oder „Mein Freund findet" zeigt einem gleich, wo man steht. Dazu funkelt dann ein Freundschafts-, Verlobungs- oder Ehering an einer gepflegten Hand... Ich seufzte und notierte auf meiner inneren Agenda, dass ich unbedingt zur Maniküre gehen musste. Vielleicht würde Iris mitgehen. Auf jeden Fall würde ich herausfinden müssen, wie viele Pärchen-Menschen wohl zu erwarten waren. Nicht unbedingt, weil ich den nächsten Mann fürs Leben finden wollte, sondern vor allem, um der trauten Zweisamkeit der vielen Paare zu entfliehen, weil sie mir mein eigenes Alleinsein so grausam vorhielten. So ein bisschen ist man ja als Single über Dreißig ein Versager, oder nicht? Ich zog die Beine an und starrte trübsinnig ins Dunkel. Warum schaffte ich es nicht, dass jemand mich lieb hatte – der mich liebt, ja: *obwohl* er mich gut kennt? *Er* wohlgemerkt, irgendein netter *Er*! Iris hatte mich auch lieb, obwohl sie mich gut kannte, aber das zählte ja nicht. Was war nur an mir, dass ich keinen Mann halten konnte? Keiner, der mich bedingungslos liebte, um mich kämpfte... Ein Tränchen rann an meiner Wange herab. Alles war umsonst gewesen, die ganzen letzten Jahre. Alles war Mist. Ich hatte Durst und stolperte in die Küche. Kein Wasser mehr da. Seufzend holte ich die Sektflasche aus dem Wohnzimmer und schleppte mich mit ihr wieder ins Bett. Ich trank den Rest aus der Flasche und schlief, ziemlich weinerlich, irgendwann ein.

Am nächsten Morgen war mir schlecht. Ich war verkatert und meine Augen total zugeschwollen. Iris sah natürlich aus wie der blühende Frühling. Verdutzt fischte sie die leere Sektflasche aus meinem Bett. „Hast du die gestern noch leer gemacht?" Ich stöhnte. „Hatte Durst!" erklärte ich matt. „Ich bleib heute zu Hause. Mir ist grottenschlecht!" jammerte ich dann. „Das glaubst auch nur du, meine Süße! Wer saufen kann, kann auch arbeiten!" Iris hüpfte ins Bad und holte mir einen kalten Waschlappen. Während ich mein Gesicht kühlte, rührte sie mir in der Küche ein Glas Salzwasser an und durchforstete den Küchenschrank nach einem Zwieback. Ich schleppte mich in die Küche und trank widerwillig das Salzwasser. Danach fühlte ich mich erstarkt genug, um an dem Zwieback zu knabbern. Iris kochte Malzkaffee mit Milch und Zucker und schmierte sich ein Brot mit dem Rest der Super-Duper-Nuss-Nougat-Creme aus dem Bioladen. Ich biss auch mal ab und so langsam fühlte ich mich mutig genug, um in den Spiegel zu schauen. Ich tappste ins Bad. Mal sehen, wie schlimm es war. „Hoffentlich erkenne ich mich im Spiegel! Immerhin kriege ich die Augen wieder so weit auf, dass ich mich anschauen kann!" Zögernd spähte ich in den Spiegel. Ach ja! Ich hatte ja jetzt eine Frisur! Das hatte ich ja ganz vergessen! Begeistert zupfte ich an meinen Haaren herum! Was machten schon meine puffigen Augen! Dafür gab es doch Augencremes! In meiner letzten Frauenzeitschrift war doch ein Pröbchen gewesen! Ich raste ins Wohnzimmer und

durchsuchte mit rasenden Fingern die Zeitschriften. Endlich! Rasch warf ich das Pröbchen in die Tiefkühltruhe und wusch mir energisch das Gesicht. Anschließend holte ich die Augencreme wieder aus der Gefriertruhe und trug sie auf. Hach, war das schön kühl! Jetzt noch das Gesicht eincremen und dann erst einmal nach einem brauchbaren Outfit suchen. Heute würde ich nicht als Maus ins Büro gehen! „Gesine, wir kommen zu spät! Kommst du jetzt mit?" rief Iris ungeduldig. Ich kletterte gerade in meine Riemchenschuhe und raste dann wieder ins Bad. „Ich kann nicht, ich muss noch Wimperntusche auftragen!" jammerte ich. Iris kam ungeduldig ins Bad. „Siehst gut aus!" sagte sie überrascht. „Gar nicht mehr verkatert!" „Das macht die Begeisterung über die Frisur! Zu dem Laden musst du unbedingt auch mal!"
Ich klopfte noch etwas Make-up in meine Wangen und besah mich dann erfreut im Spiegel. „Gesa!! Du bist wunderschön, aber jetzt komm endlich!" Iris schob mich energisch zur Tür hinaus. „Bist du sicher, dass du in den Schuhen bis zum Büro kommst?" Würdevoll stakste ich hinter ihr her. „Das ist Teil meiner Typveränderung!" erklärte ich hoheitsvoll.
Hastig tippelte ich an den drei(!) Bäckerläden vorbei, vorbei an Milchbrötchen, Donuts und Teilchen. Erstens hatte ich ja nun ohnehin kein Geld mehr, und zweitens konnte ich sowieso noch keinen Bissen herunter bringen. Als ich endlich das Büro erreichte, taten mir dann aber die Füße so weh, dass ich meine Riemchenschuhe auszog und sie an meine Garderobe hängte. Ich seufzte erleichtert und streckte meine gepiesackten Zehen. Dann kochte ich eine Kanne Kamillentee und zog mich hinter meinen Schreibtisch zurück. Iris hatte mich natürlich ganz umsonst so gehetzt. Frau CD war noch nicht da und der Chef auch nicht. Ich konnte also in Ruhe den Rechner hochfahren und einen

Aktenordner aufklappen und so tun, als würde ich seit einer halben Stunde arbeiten. Endlich kam Frau CD hereingeschneit. Sie sog hörbar die Luft ein, als sie mich sah. „Nein!" kreischte sie dann. „Steh mal auf!" Sie schüttelte den Kopf. „Toll, Gesine! Ganz toll! Ich hab ja immer schon gesagt, dass du nicht der blonde Typ bist." So zufrieden, als hätte sie meine Haare selbst geschnitten drehte sie mich herum und tätschelte mir den Arm. Immer noch begeistert schüttelte sie den Kopf. Das klingt widersprüchlich? Von wegen. Frau CD (und meine Mutter übrigens auch) können bewundernd, begeistert und überhaupt auf jede erdenkliche Art den Kopf schütteln. Während ich mich noch drehte wie ein Fähnchen im Wind, kam der Chef rein. „Na, Herr Krimmelbein, was sagen Sie dazu?" fragte sie ihn. Er beschaute mich etwas irritiert. „Haben Sie die Haare irgendwie anders?" fragte er schließlich etwas unsicher. „Sieht gut aus!" Er nickte uns freundlich zu und wandte sich um. Dann hielt er noch einmal inne. „Ist schon Kaffee fertig?" Verblüfft schaute er auf den Kamillentee auf meinem Schreibtisch und zog die Augenbrauen hoch. „Was wird denn das? Auch auf dem Gesundheitstrip, was? Also, für mich bitte weiter Kaffee! Ach, und suchen Sie mir doch bitte schnell mal den letzten Lieferschein für H&G heraus!" Er zog eine dicke Papiertüte mit frischen Schokocroissants hervor und verschwand in seinem Büro. Als ich ihm seinen Kaffee brachte, hatte er seine drei Croissants bereits ordentlich auf seinem Schreibtisch aufgereiht und besah sie mit Vorfreude. Zufrieden nahm er seinen Kaffee entgegen. „Meine Frau macht gerade eine Entschlackungskur. Es gibt nur Rohkost und Haferschleim." Verschwörerisch zwinkerte er mir zu. „Aber ohne mich." Er schnupperte genießerisch und lehnte sich in seinem Schreibtischstuhl zurück. Ich musste lächeln. „Na, dann guten Appetit!" wünschte ich. Herr Krimmelbein biss mit kindlicher Begeisterung in sein

Schokocroissant. „Hach. Herrlich!" seufzte er. Ich machte es mir mit meiner Teekanne gemütlich und zog die Füße hoch. Natürlich waren sie kalt. Aber dagegen würden auch meine Riemchensandalen nicht helfen. Ich würde demnächst am besten ein Paar Socken in meinem Schreibtisch verstauen.

Der Chef steckte den Kopf durch die Tür. „Will jemand noch ein Croissant?" Erfreut nahm Frau CD das übrige Gebäckstück entgegen und teilte es schwesterlich mit mir. Ich horchte vorsichtig in mich hinein und befand dann, dass auch ich endlich frühstücken konnte. Es war ein Arbeitstag wie aus der Kaffeewerbung – entspannt, behaglich (bis auf die kalten Füße), nicht stressig. Herr Krimmelbein lobte uns, weil ein Kunde ihm gesagt hatte, wie nett und freundlich wir doch immer am Telefon seien und die Postbotin bewunderte meinen neuen Schopf. Pünktlich zum Feierabend, schwebte ich auf Wolke Sieben aus dem Büro.

Zu Hause nahm ich erst einmal ein heißes Fußbad und tauschte die Sandalen gegen Socken und Turnschuhe. Dann nahm ich mir den Einkaufszettel vor. Ich ging alle Rezepte einzeln durch und versuchte, die Zutaten einigermaßen sortiert aufzuschreiben. Nachdem ich die Anzahl der Sahnebecher zum dritten Mal nach oben korrigiert hatte, nahm ich entnervt einen neuen Zettel. Hm. Besser, ich nahm zwei Zettel, einen für die Konserven – die konnten wir dann nachher schon kaufen – und einen für die frischen Zutaten, die wir dann kurz vorher holen würden. Ich staunte immer noch, wo überall Sahne hineinkam: in den Partytopf, in den Dipp, in den Nachtisch, in den Joghurtschnaps, in geschlagener Form für den Kuchen... Mir lief das Wasser im Mund zusammen. Ich zog die Obstschale zu mir heran und knabberte gedankenverloren eine Weintraube nach der anderen. Der Schlüssel drehte sich in der Wohnungstür. Iris kam. Entnervt kam sie in die Küche, ließ sich auf einen Stuhl

plumpsen und stöhnte. „Oh, ich kann nicht mehr. Ich bin todmüde. Ich will ins Bett." Vorwurfsvoll sah sie mich an. „Warum siehst du aus wie das blühende Leben und futterst hier munter vor dich hin? Ich dachte, du liegst längst mit einem Eisbeutel im Bett, so wie du heute Morgen ausgesehen hast. *Ich* jedenfalls wäre jetzt gern im Bett. Es war ein total ätzender Tag!" Ich legte den Kopf schief. „Also, mein Tag war super entspannt. So könnte es von mir aus immer sein. Guck mal!" Ich schob ihr meine Einkaufslisten hin. Iris schaute nur flüchtig darauf. „Bist ein Engel!" sagte sie nur. Und dann: „Ich glaub, ich mach jetzt ein Nickerchen." Ich lachte. „Nichts da. Du gehst jetzt mit mir einkaufen, jedenfalls schon mal einen Teil" – ich winkte mit Einkaufsliste Nr. 1 – „und außerdem hatten wir doch noch Pläne für unsere Fingernägel und für deine Haare, oder?" Lustlos betrachtete Iris ihre Fingernägel. „Eigentlich finde ich meine Nägel ganz in Ordnung. Und du siehst ohnehin toll aus! Wer schaut da schon auf deine Nägel." Sie gähnte. „Kann man den Kram nicht liefern lassen?" Ich kicherte. „Du fauler Sack! Oder wie heißt das bei Frauen?" Iris kicherte auch. „Säckin?" schlug ich vor. „Eher ,faules Ei'!" prustete Iris. Ich verschluckte mich an meiner Weintraube und hustete. Das ,faule Ei' klopfte mir auf den Rücken und räkelte sich dann. „Na gut. Dann wollen wir mal. Aber alt werde ich heute nicht mehr!"
Wir schnappten uns ein paar Klappkörbe und fuhren einkaufen; in einen großen Supermarkt, mit großem Parkplatz. Im Eingangsbereich war ein Billigfrisör mit integriertem Nagelstudio. Begierig eilte ich zum Schaufenster, um einen Blick auf die Preisliste zu werfen. Naja. Dafür, dass das ein Billigfrisör war, war das immer noch ganz schön happig. Missmutig schaute ich hinein in den Laden. Ich erspähte eine hühnerpopoige, gefärbte Blonde mit zweifarbig lackierten Nägeln, die mit Strass-

Steinchen beklebt waren. Entsetzt fuhr ich zurück. Nein, so etwas wollte ich auf keinen Fall! „Nur über meine Leiche!" Iris trat neben mich und stimmte mir zu. „Na, danke! Da mache ich mir die Nägel lieber selbst. *Die* lasse ich jedenfalls nicht an meine Finger!" „Und eine bessere Nageltante kann ich mir nicht leisten." Betrübt schaute ich auf meine Hände. Naja. Im nächsten Monat, oder im übernächsten, da würde ich mir das nochmal überlegen. Bis dahin würde ich auch rauskriegen, wo man eine schicke Maniküre machen lassen konnte. Hier jedenfalls nicht. Wir schleppten unsere Einkäufe ins Auto. Zum Glück hatte Iris bezahlt, war ja auch ihre Party. Ich hatte ein großes Stück Käse und noch mehr Weintrauben abgestaubt. Iris ließ sich ein Candy Mount-Schokoladen-Schaumbad ein und ich verzog mich vor den Fernseher. Ca. 200g Rohmilchkäse und einen mittleren Berg Trauben später hatte ich meine Finger- und Fußnägel in Form gefeilt, meine Nagelhaut eingecremt und dann die Nägel mit Nagellackentferner wieder entfettet, damit der Nagellack auch hält. Es war natürlich wie immer dasselbe: Lack drauf, eine halbe Ewigkeit trocknen lassen, versuchen, eine Weintraube abzupopeln ohne dass der Lack kaputt geht und nur *fast* erfolgreich sein, Lack wieder ab und neuen drauf. Natürlich nahm ich nur klaren Lack. Bei farbigem Lack sah man ja immer sofort, dass der nicht sauber aufgetragen war. Puh. Jetzt endlich, *endlich*, nach ca. einer Stunde, wieder die Nagelhaut eincremen. Iris hockte sich im Bademantel neben mich und drückte mir einen Stift in die Hand. „Hier, guck mal, ob der noch geht. Ist so ein Weißstift, damit kannst unter dem Nagelweiß hergehen und das noch ein bisschen weißer machen." Eifrig malte ich an meinen Nägeln herum. Jetzt sahen sie ganz ansehnlich aus. Eine richtige französische Maniküre war es zwar nicht, aber die überstieg nun wirklich meine Fähigkeiten. Ich freute mich richtig auf die Party. Das schönste war eigentlich

immer die Vorfreude, die Frage, was man anziehen würde...
„Waah! Was ziehe ich eigentlich an?? Weißt *du* schon, was
du anziehst?" Nervöses Kribbeln machte sich in mir breit.
Ich wusste, ich würde meinen ganzen Schrank ausräumen,
nichts finden, schwören, dass ich zu wenig Klamotten habe,
schimpfen, dass ich zu wenig Geld hatte, um mir neue zu
kaufen, und dann vermutlich ein Oberteil von Iris leihen.
Zufrieden lehnte ich mich zurück. Das würde ein Spaß
werden. Die Vorfreude war eben das Beste an Partys.

Party!

Wir kochten den ganzen Nachmittag. Paprika klein schnibbeln, Hackfleisch anbraten, Zwiebeln hacken. Sahne schlagen. Maracuja-Joghurt pürieren. Sahne rein, Korn rein, Maracujasaft rein. Als wir abends um neun endlich soweit fertig waren, war ich urlaubsreif. „Ich bin so froh, dass du mir hilfst! Ohne dich hätte ich das nie alles geschafft!" Dankbar sah Iris mich an. Ich streckte mich. „Puh. Mein armer Rücken!" stöhnte ich. Iris stand auf und holte unsere Turnschuhe. Ehe ich wusste, wie mir geschah, hatte sie mich auch schon aus der Tür gescheucht: ihre neuste Leidenschaft war Jogging. Ausgerechnet. Wir liefen, bis wir durchgeschwitzt und völlig aus der Puste waren. Ich kroch die Stufen zu unserer Wohnung hoch und Iris überließ mir großzügig zuerst das Bad. Nach einer heißen Dusche fühlte ich mich wie ein neuer Mensch. Mein Rücken war wieder locker und überhaupt... „Das war super! Ich fühle mich großartig! Hätte nie gedacht, das mir Laufen Spaß machen könnte!" Iris warf ihr nasses Sweatshirt von sich, stieg in die Dusche und drehte den Wasserstrahl auf, während ich mich eincremte. Dann schlüpfte ich in meinen Bademantel und kochte uns einen Topf Kakao. „Gut, dass du mich mitgeschleift hast!" rief ich ins Badezimmer. „Sonst wäre ich jetzt bestimmt zu nichts mehr zu gebrauchen gewesen!" Wir machten es uns auf dem Sofa gemütlich und gingen nochmal die Planung für morgen durch. Wohnung partytauglich machen und uns auch. Viel mehr war eigentlich nicht mehr zu machen. Die Party konnte kommen!

Nachdem wir überall Häppchen und Knabberkram verteilt und das Büffet aufgebaut hatten, konnten wir uns endlich in Schale schmeißen. Ich fand natürlich nichts anzuziehen –

war ja klar – und Iris auch nicht. „Wenn ich du wäre...!"
sagte ich seufzend. „Was, wenn du ich wärst?" brummte Iris.
Ich fing an, für Iris zahlreiche Outfits bereit zu legen. Iris
wollte sich im Gegenzug um mein Outfit kümmern. Wir
mischten beide Kleiderschränke bunt durcheinander. Fertig!
Schnell die restlichen Klamotten wieder in den Schrank
pfeffern. Hoffentlich schaute da keiner rein. Aber
andererseits: was hatten die schon an unseren Schränken zu
suchen?

Einige Stunden später hockte ich weinselig mit Iris' Kollegin
Sandy auf der Couch. Außer uns waren fast nur noch
Pärchen da – und solche, die es in Kürze werden würden.
Sandy und ich hatten bereits Brüderschaft (oder
Schwestern...dings) getrunken und schimpften einträchtig
über Männer im Allgemeinen und unsere beiden
Verflossenen im Besonderen. „Hast du dieses Buch gelesen?
Warum Männer nicht zuhören und so? Genau so einer war
der! Bloß passten wir gar nicht zusammen, weil..." Sandy
nahm noch einen Schluck aus der Flasche. „*Ich* kann nämlich
einparken!" erklärte sie dann triumphierend. Ich nickte
verstehend. Ich konnte zwar nicht einparken, war mir aber
sicher, dass das nichts damit zu tun hatte, dass ich kein
Mann war. Auch würde ich bestimmt Straßenkarten lesen
können, wenn ich mich damit mehr beschäftigte. „Aber die
meisten Männer sind allesamt auf der Stufe der Steinzeit
stehen geblieben!" Sandy entfloh ein zarter, damenhafter
Rülpser; eigentlich mehr ein Rülpserchen. Ich nickte noch
einmal heftig. „Und das schlimme ist", fügte ich dann traurig
hinzu, „dass die anderen Männer auch nicht besser sind.
Wenn du einen findest, der seine Unterwäsche nicht überall
herumliegen lässt, dann zetert er den ganzen Tag, weil du
deine Socken nicht weggeräumt hast." „Und er benutzt
deine Creme-Töpfe!" fügte Sandy hinzu. „Womöglich sogar

das Make-up!" Wir kicherten. Ich kämpfte mich hoch, ging kurz auf's Klo und untersuchte auf dem Rückweg noch mit alkoholgetrübtem Blick die Küche, wo ich einen Teller mit Käsewürfeln und eine Flasche Joghurtschnaps erbeutete. Zufrieden eilte ich zur Couch zurück und stellte die Flasche und den Teller ab. „Was'n das?" Neugierig drehte meine neue Saufkumpanin die Flasche hin und her. „Selbstgemachter Joghurtschnaps, Sorte Maracuja!" Wir teilten. Eigentlich soll man den ja aus Schnaps-Pinnchen trinken, aber wir waren uns einig, dass er dazu viel zu lecker ist. Eigentlich fast wie ein Cocktail. „Schade, dass wir keine Schirmchen haben." Ich kicherte wieder vor mich hin. Sandy überlegte kurz. „Jaaa!" machte sie dann. „Diese niedlichen kleinen Papier-Schirmchen!" Iris drehte eine Runde nach der anderen und unterhielt sich mit allen Gästen und schaute, ob sich auch keiner langweilte. Auch bei uns blieb sie stehen. „Braucht ihr zwei noch irgendwas?" fragte sie. „Hastu Schirmchen?" fragte Sandy. Iris glotzte blöd. „Bitte was?" Mein Kichern steigerte sich in einen Lachanfall. „Ppppr...." Ich versuchte es noch einmal. „Papwwwrrr!" Sandy und Iris schauten mich gleichermaßen irritiert an. „Na, Schirmchen eben! So... so Pa...papierschirmchen! Für meinen Cocktail!" Sie schwenkte die Flasche. „Aber wenn du den schon aus der Flasche trinkst – wo willst du da noch ein Schirmchen hinstecken?" Iris ließ uns wieder allein. Während um uns herum angeregte Gespräche im Gange waren, entwarfen Sandy und ich die perfekte Cocktailflasche – mit Einsteckloch für Papierschirmchen, für diese Spießchen mit den Glitzerwedeln dran... wie hießen die noch gleich? „Und mit großem Flaschenhals!" ergänzte ich. Sandy nickte. „Damit man leichter trinken kann!" sagte sie zustimmend. „Nee, damit man den Joghurt leichter einfüllen kann!"

Wie ich in mein Bett gekommen war, weiß ich nicht mehr so genau. Ich erwachte mit einem dicken Schädel und kniff sofort die Augen wieder zu, kaum dass ich sie aufgemacht hatte. Wie peinlich! Ich hatte doch vorgehabt, bis zum Schluss fit zu bleiben, um Iris beim aufräumen zu helfen! Ich kniepte vorsichtig ein Auge auf. Neben meinem Bett stand eine Flasche stilles Wasser, Kopfschmerz-Tabletten lagen daneben. Seufzend schluckte ich eine Tablette herunter. Buä. Ich schaute auf meinen Wecker. Noch früh. Gerade mal kurz nach 8. Ich setzte mich vorsichtig auf und wartete, ob mir wohl die Decke direkt auf den Kopf fallen würde, aber es geschah nichts dergleichen. Langsam ließ ich die Beine aus dem Bett gleiten und prüfte, ob sie mich wohl tragen würden. Auch das klappte. Ich öffnete leise meine Tür und schaute ängstlich ins Wohnzimmer. Es sah keineswegs so aus, als hätte eine Bombe eingeschlagen. Offenbar hatte irgendjemand anders Iris beim Aufräumen geholfen. Auf dem Sofa schnarchte ein zerzauster Typ in Rückenlage. Von seiner Frau war keine Spur zu sehen. „Naja", dachte ich ironisch, als ich mir den Schnarcher näher beguckte, „den hätte ich auch hier gelassen." Er trug eine zerknitterte Jeans und ein T-Shirt mit der Aufschrift „Trinkst du noch oder säufst du schon?" Sprachlos starrte ich darauf. Dann schleppte ich mich in die Küche, um mir einen Milchkaffee zu kochen, mit dem ich wieder ins Bett ging. Ich trank abwechselnd mein Wasser und den Kaffee und ging im Geiste die letzten Wochen durch. Hatte ich womöglich ein Alkoholproblem? Ruhelos warf ich mich im Bett hin und her. Meine Güte! Ich war wirklich die reinste Schnapsdrossel! Ich würde Leberzirrhose bekommen und Arterienverkalkung und faltige, fahle Haut! Überhaupt! Hastig stellte ich die Kaffeetasse ab. Ich lebte ja kolossal ungesund! Noch einmal raste ich in die Küche und durchwühlte die Schränke nach Kamillentee. Schließlich fand ich ihn im Badezimmer neben dem Paket mit der Heilerde. Ich kochte mir eine Kanne Tee und ließ mit bedauerndem Blick das Zuckerdöschen stehen. Vorwurfsvoll schien mir der Zucker hinterher zu starren. Nachdem ich einen halben Liter Kamillentee in kleinen Schlucken intus hatte, sank ich erschöpft wieder in mein Kissen. Ein bisschen gesünder fühlte ich mich aber schon. Nun war endgültig Schluss! Ich würde mich gut ernähren! Keine Schokocroissants mehr! Kein Alkohol! Drastisch, ja, drastisch würde ich meinen Alkoholkonsum einschränken. Höchstens am Wochenende mal ein Gläschen Rotwein! Ich würde mehr Inline-Skates fahren; und ich würde joggen gehen. Ich würde mindestens zwei Liter stilles Wasser am Tag trinken, oder zumindest Kamillentee. Getröstet von all diesen guten Vorsätzen und auch ein wenig erschöpft schlief ich wieder ein. Als Iris mich weckte, hielt ich die Thermoskanne mit dem Kamillentee fest im Arm und fühlte mich, als hätte mich ein Lastwagen überfahren.

Glücklicherweise hatten tatsächlich einige nette Freundinnen, Kollegen und natürlich Nadja beim Aufräumen geholfen, so dass nicht mehr allzu viel zu machen war. Nachdem sich der Schnarcher endlich davon gemacht hatte, lüfteten wir das Wohnzimmer, stellten die Spülmaschine an und das musste für`s erste reichen. Ich fing derweilen an, meine Einkaufsliste zu schreiben. „Kamillentee, Kräutertee, Wasser ohne Kohlensäure."

Wohlfühlmaßnahmen

Die Sorge, ich könnte womöglich einen erhöhten Alkoholkonsum haben, beschäftigte mich mehr als mir lieb war. Plötzlich hörte ich ständig Berichte im Radio, sah im Fernsehen Reportagen über alkoholabhängige Promis und dann hatten wir auch noch einen Flyer von den Anonymen Alkoholikern im Briefkasten. Im Büro recherchierte ich im Internet. Wer hätte gedacht, dass es so viele verschiedene Sorten von Säufern gab? Da war der Quartalssäufer. Puh. Dazu zählte ich mich Gott sei Dank noch nicht. Dann gab es noch den Pegeltrinker. Auch das war ich nicht. Ich fand Infos über Gelegenheitstrinker, Erleichterungs- und Konflikttrinker. All diese Typen ließen sich dann nochmal in Alpha-, Beta-, Gamma-, Delta- und Epsilon-Trinker unterscheiden. Womöglich gab es sogar noch mehr Unterarten. Ich fand einen passenden Psychotest und las erstmal die Ergebnis-Kategorien durch. Ich würde vermutlich in die Kategorie Alpha-Trinker bzw. Erleichterungs- und Konflikttrinker fallen und ich trank, so las ich, um psychische Konflikte abzubauen und psychosomatische Stresssituationen zu mindern. Psychische Konflikte! Offenbar litt ich mehr unter der Trennung, als ich dachte! Ich las die zweite Kategorie und kam ins Grübeln. Hmm: „die Beta- bzw. Gelegenheitstrinker trinken häufig und viel, v.a. in Gesellschaft", stand da. Ich musste mit Iris reden! Immerhin tranken wir meist zu zweit! Und Alpha- und Beta-Trinker konnten Vorstufen zur Alkoholabhängigkeit sein! Konnten, mussten aber nicht. Ich atmete auf. Ich war also nur ein halber Alkoholiker, ein Anfänger-Alki. Ich tupfte mir den Schweiß von der Stirn. Das war ja sicherlich noch nicht ganz so schlimm. Ich blätterte nochmal eine Seite zurück und las kritisch die

Definition von Alkoholabhängigkeit: Immerhin verursachte ich weder gesellschaftlichen Schaden, noch schadete ich mir selbst. Naja, also zumindest vermutete ich das. Ich nahm mir vor, meine Leber untersuchen zu lassen, nur um sicher zu gehen.

Dr. Feuerlein war der Arzt meines Vertrauens. Ich kannte ihn quasi von Kindheit an und auch meine Eltern gingen schon seit ewig in seine Praxis. Nachdem ich eine halbe Ewigkeit gewartet hatte – als Kassenpatient war man ja heutzutage nur die Hälfte wert – durfte ich endlich vor Feuerleins Schreibtisch Platz nehmen. Im Bücherregal dahinter standen unzählige dicke Schinken, angefangen von dem Pschyrembel bis hin zu Büchern über Hautausschlag und Kinderkrankheiten. Ich hielt Ausschau nach einem Buch über Alkoholismus, fand aber keins. Endlich kam er. Er gab mir freundlich die Hand und setzte sich. „Was kann ich denn für Sie tun, Gesine?" fragte er gutmütig. „Also, ich wollte mich mal so ganz allgemein durchchecken lassen..." begann ich. „Das ist doch vertraulich? Ich möchte nämlich nicht, dass meine Mutter..." Dr. Feuerlein schob seine Brille auf der Nase nach oben und unterbrach mich. „Was ist denn los? Das klingt ja, als müsste ich mir Sorgen machen!" Er blickte mich prüfend an. „Worum geht es denn? Sie haben doch etwas Bestimmtes auf dem Herzen?!" Stotternd berichtete ich ihm, dass ich mich vor einigen Wochen von meinem Lebensgefährten getrennt hatte und dass ich seitdem bestimmt schon drei oder vier Mal sehr betrunken war und überhaupt das Gefühl hatte, dass mein Alkoholkonsum in letzter Zeit deutlich zugenommen hatte. „Ich möchte daher, dass Sie meine Leber untersuchen!" sagte ich tapfer. Dr. Feuerlein lächelte freundlich. „Es freut mich, dass Sie sich Gedanken über Ihre Gesundheit machen. Allerdings gehe ich nicht davon aus, dass Sie sich Sorgen über Ihre Leber machen müssen." Er checkte mich durch und sagte, ich solle am nächsten Morgen zum Blut abnehmen kommen. Dann ermutigte er mich, regelmäßig zur Blutspende zu gehen und scheuchte mich dann wieder hinaus.

Die Blutuntersuchung ergab natürlich auch nichts. Ich war erleichtert, hatte aber gleichzeitig das unangenehme Gefühl, Gevatter Tod noch einmal von der Schippe gesprungen zu sein. Feierlich gelobte ich mir, von nun an immer brav zur Blutspende zu gehen.

Den Saunabesuch am Ende der Woche hatte ich wirklich verdient. Iris und ich hatten eher Feierabend gemacht, denn wir wollten nicht am Wochenende gehen, da war es sicher sehr voll.

Ich war ewig nicht in der Sauna gewesen. Ein bisschen komisch war es mir ja doch. Ich hoffte, dass außer uns nur Opis, Omis und Single-Frauen in der Sauna sein würden. Etwas beschämt pellte ich mich schließlich aus meinen Klamotten und kuschelte mich in meinen Bademantel. Der hatte auch schon bessere Zeiten gesehen, aber noch war er nicht unansehnlich. Ich suchte nach den Duschen für Damen. Es dauerte eine Weile, bis ich begriff, dass dies ja eine gemischte Sauna war – und da gab es natürlich auch keine Damen-Dusche, sondern eine für alle.

Wir entschieden uns für den Anfang erst einmal für eine mittelwarme Sauna und es dauerte eine ganze Weile, bis ich endlich richtig ins Schwitzen kam. Schnell abduschen, einmal rein ins eiskalte Tauchbecken und dann nach draußen. Iris und ich ergatterten zwei benachbarte Liegen in der lauen Septembersonne. Es war zwar mittlerweile eher lau als heiß, aber um zwischen den Gängen auf der Liege zu entspannen, reichte es allemal. Die ganz Harten versuchten, der Sonne noch ein bisschen Bräune abzutrotzen und räkelten sich nackt auf ihren Handtüchern. Mir hingegen war es schon nach wenigen Minuten zu kühl und ich wickelte mich froh in eine der weichen Decken, die überall auf den Liegen lagen. Hach! War das herrlich! Ich hatte mir eigentlich ein Buch mitgenommen, aber ich war zu faul und zu entspannt zum Lesen. Ich hörte dem Zwitschern der Vögel zu, genoss die sanften Sonnenstrahlen und atmete tief ein. DAS war Entspannung. Den ganzen Tag hätte ich hier liegen können! Naja, doch nicht wirklich. Nach einer herrlichen halben Stunde bekam ich dann wieder Lust auf einen weiteren Saunagang. Es gab ja hier so viele verschiedene davon! Eine Steinsauna, ziemlich heiß, eine Farbensauna, eine mit Holzofen, eine mit Dampf, ... Ich wusste gar nicht, in welche ich gehen sollte! Iris entschied sich für die Sauna mit dem Holzofen. Das war heiß da drin! Diesmal schwitzte ich deutlich schneller. „Schön, dass es so leer ist!" murmelte Iris träge. „Hmm." Ich grunzte zustimmend. Dass es eine gemischte Sauna war, machte mir gar nichts mehr aus. Ein dickbäuchiger Opa kam herein und grüßte freundlich. Er drehte uns seinen schlaffen Hintern zu, um sein riesiges Handtuch liebevoll auf der Holzbank auszubreiten. Der brauchte sich wenigstens nicht zu genieren, weil *sein* Geschlechtsteil ohnehin niemand sehen konnte, dachte ich. Gleichzeitig schämte ich mich. Ich schaute an meinen Beinen herunter. Ich hatte sie extra noch einmal rasiert, in aller Eile und mich natürlich prompt geschnitten. „Guck mal!" flüsterte ich. „Habe einen Einwegrasierer genommen und das hier ist das Ergebnis!" Ich deutete auf die lange Schramme an meiner Wade. Iris schaute kurz und flüsterte zurück: „Einwegrasierer sind echt Mist. Ist mir auch schon mal passiert. Vor allem, wenn man's eilig hat!" Auch der Opa schaute interessiert auf mein Bein. Ehe er aber über seine Erfahrungen mit Einwegrasierern berichten konnte, nickte Iris mir zu, und wir machten, dass wir aus der Gluthitze wieder herauskamen. Während wir, wieder frisch geduscht und kalt getaucht, den Whirlpool belagerten, kam der hängehintrige Opa endlich auch aus der Sauna geschlappt. Sein faltiges Hinterteil war krebsrot und er sah aus wie ein Pavian. Ich musste nun doch kichern und schämte mich wieder. Iris trat mich unter Wasser. „Benimm dich, Gesine!" grinste sie. „Hast du den alten Pavian gesehen?" fragte ich flüsternd. „Meinst du, dein Hintern sieht besser aus?" fragte sie spöttisch. „Das will ich doch stark hoffen!" sagte ich empört. „Na, aber zumindest war er genauso rot, als wir da raus gekommen sind!" Ich tauchte noch etwas tiefer in den warmen Pool. „Ach, das war eine Spitzenidee, hierher zu kommen!"

Es wurde ein herrlicher Nachmittag. Wir setzten uns in den kleinen Biergarten am Rande der Saunalandschaft und teilten uns einen üppigen Obstteller mit Orangen-, Zitronen- und Grapefruitfilets, Ananas, Erdbeeren, Himbeeren, Bananenstückchen, Apfelschnitzen und Granatapfelkernen. Wir lagen in der Sonne, lasen doch noch ein wenig in unseren Büchern und probierten noch drei weitere Saunen aus. Ich beschloss, mir zu Weihnachten eine Dauerkarte schenken zu lassen, oder eine Zehnerkarte oder was auch immer es hier sonst so gab, als ich entspannt in meine Decke gewickelt zusah, wie die Sonne immer tiefer sank. „Chrrr...phhhh!" machte es laut neben mir. Beinahe wäre ich von meiner Liege gefallen. Erschrocken sah ich auf. Der Pavian lag auf meiner Nachbarliege, hatte das Kopfteil tief gestellt und schlief mit weit aufgesperrtem Schnabel unüberhörbar den Schlaf der Gerechten. „Chchchchrrrrrrrrrrrrrr!" Er machte einer ausgewachsenen Kettensäge Konkurrenz. „Phphphph!" pustete er. Missmutig schaute ich neben mich. Hatte ich es nicht gerade eben noch sehr ruhig und behaglich gefunden? Der schnarchte in einer Lautstärke, dass sie dem Gesetz nach eigentlich Gehörschutz verteilen müssten! Iris hatte mittlerweile auch ihr Buch gesenkt und spähte über den Rand. Empört sah ich sie an und dann wieder zurück zu dem Pavian. „Chchchrrrr!" Ich räusperte mich laut. Iris fing an zu kichern. „Phphph!" pustete der Alte neben mir unbeeindruckt. Während ich noch überlegte, ob ich wohl unauffällig an seiner Liege rütteln sollte, rappelte Iris sich langsam auf. Wir entschlossen uns, zu duschen und uns dann langsam auf den Heimweg zu machen. Als wir endlich mit Haare waschen, eincremen und Anziehen fertig waren und die Haare föhnten, kam der Pavian aus der Dusche getapst. Sein pausbäckiges Gesichtchen strahlte in sattem rosa und er lächelte uns an. „Herrlich, so ein Tag in der Sauna, nicht?" fragte er leutselig. „Nirgendwo gibt es so eine Entspannung und Ruhe wie hier!" Iris stimmte ihm lachend zu und ich schaute ihm sprachlos nach.

Im Auto machten wir uns erst einmal über unsere Wasserflaschen her. Ich hatte mir ja vorgenommen, mindestens zwei Liter am Tag zu trinken. Als ich die halbe Flasche intus hatte, fühlte ich mich entspannt und sehr gesundheitsbewusst.

Am Sonntag war ich mit Mama zum Brunch verabredet. Wir trafen uns vor dem Sahneschnittchen und ich steuerte auf meinen Stammplatz zu. Mama schaute sich anerkennend um. „Hier ist es immer wieder nett!" erklärte sie. „Richtig gemütlich. So eine Palme würde sich bei uns im Wohnzimmer auch gut machen, was meinst du, Gesine?" Vorsichtig befühlte sie ein Palmenblatt. „Ob die wohl anspruchsvoll ist?" Wir begutachteten die Theke, wo Kannenbäckers eine ganze Reihe an Köstlichkeiten aufgebaut hatten. Ich fühlte mich nach dem Saunatag entschlackt und über Croissants mit Nutella erhaben, gönnte mir ein Vollkornschnittchen, ein Roggenbrötchen, Quark, Tomaten, Radieschen und einen Löffel Schnittlauchröllchen. Dazu noch ein bisschen Rührei und einen Becher Tee. Wohlgefällig betrachtete ich meinen Teller. Anschließend würde ich etwas Tomatensuppe essen und zum Abschluss Obst. Meine Mutter saß bereits wieder an unserem Tisch. „Bist du auf Diät?" fragte sie und nickte mir zu. „Ich fand ja auch, dass du um die Hüften etwas zugelegt hast, aber ich wollte nichts sagen. Ich weiß ja, wie empfindlich du immer bist!" Sie nickte noch einmal bekräftigend und biss ein großes Stück von ihrem Marmeladen-Croissant ab. Auf ihrem Teller türmten sich ein Milchbrötchen, Honig, ein Berg Rührei mit kross gebratenem Speck und etwas Camembert. Gekränkt setzte ich mich. „Ich bin nicht auf Diät, ich ernähre mich nur gesundheitsbewusst!" erklärte ich hoheitsvoll und stand noch einmal auf, um mir einen Saft zu holen.

Meine Mutter sagte nichts weiter zu meinem Essen und auch kein Wort mehr zu meinen angeblich runden Hüften. Wir ließen uns das Essen schmecken und mein Vollkornbrot, bestrichen mit Quark und belegt mit Tomate, Radieschen und Schnittlauch, war echt total lecker. „Wie war denn nun die Sauna?" wollte sie wissen. Ich erzählte begeistert. Mama zog die Stirn in Falten. „Ich weiß ja nicht, ob ich eine gemischte Sauna besuchen würde... Gibt es da keine Damensauna?" „Keine Ahnung!" kaute ich. „Ich fand es anfangs ja auch ein bisschen komisch, aber eigentlich ist das echt Quatsch. Es sind sowieso hauptsächlich faltige Opas da, die sich auch nicht schämen, und kein Mensch guckt da irgendwie!" „Dass die sich das alle trauen!" wunderte sich meine Mutter. „Vielleicht gehe ich mal zusammen mit Tante Sophie..." überlegte sie. Ich lachte. „Das glaubst du doch selbst nicht, dass Tante Sophie in die Sauna geht!" „Hmmm, könntest du Recht haben. Frag doch beim nächsten Mal, ob es da auch eine Damensauna gibt! Das wäre mir doch lieber!" Mama hatte sich mittlerweile erfolgreich durch ihren Eiberg gekämpft und ihr Milchbrötchen verdrückt. Nun knabberte sie an ihrer Camembert-Ecke und schielte zum Büffet hinüber. „Sollen wir mal die Tomatensuppe probieren?" fragte ich. Wir starteten also in die zweite Runde. Inzwischen hatte sich das Cafe mit einem ganzen Trupp junger Leute gefüllt. Einen davon hatte ich auch schon einmal irgendwo gesehen... Ein netter Typ, dunkle Haare, nettes Lächeln... Er sah zu mir herüber und hob kurz die Hand. Vorsichtig winkte ich zurück und sah mich verstohlen um. Nicht, dass da womöglich irgendwer hinter mir stand und ich mich gerade blamierte, weil ich bloß dachte, ich sei gemeint! Aber da war niemand außer meiner Mutter, und der hatte er bestimmt nicht gewunken. Sie hielt eine große Tasse mit roter Suppe in der Hand, die Frau Kannenbecker mit einem dicken Klecks crème fraîche versah und ein appetitliches Basilikumblatt darauf platzierte. Erfreut trat ich vor und nahm meine Suppentasse in Empfang. Ich folgte eifrig meiner Mutter und schaffte es auch beinahe zu meinem Platz. Nur für den Fall, dass seine Blicke mir folgten – wie hieß der noch und woher kannte ich den eigentlich? – warf ich die Haare kokett über die Schulter zurück und die heiße Suppe schwappte über meine Hand. „Aua!" Hastig stellte ich die Suppentasse ab. Mama zog meine Hand zu sich und tupfte sie mit der Serviette ab. „Du warst immer schon so ungeschickt! Geh mal ins Bad und lass kaltes Wasser drüber laufen!" Ich sah mich vorsichtig um und gratulierte mir dazu, dass wir den Platz hinter der Palme hatten. Bestimmt hatte mich keiner gesehen. Vorsichtig spähte ich an der Palme vorbei. Der Trupp junger Leute amüsierte sich offenbar bestens und einige lachten laut. Hastig setzte ich mich wieder. „Geht schon! Ist ja nichts passiert!"sagte ich schnell. „Wenigstens ist die crème

fraîche mit dem Basilikum noch drin! Herrlich, die Suppe!"
Ich gab ihr Recht und kühlte vorsichtig meine verbrannte
Hand an meinem kalten Orangensaft. Während meine
Mutter schon wieder zum Büffet marschierte und überlegte,
ob sie lieber Fleisch oder Fisch essen wollte, ging ich nun
doch aufs Klo. Sollten die doch alle lachen. Hoch erhobenen
Hauptes marschierte ich am Büffet vorbei, als ich plötzlich
merkte, dass sie vermutlich gar nicht über mich gelacht
hatten. Vor der Theke stand Erik, der kleine Enkel der
Kannenbäckers und unterhielt die ganze Kundschaft. „Und
dann bin ich mit dem Fahrrad bei meiner Kusengin in den
Gartenzaun gefahren!" Stolz präsentierte er sein
bandagiertes Knie. „Fast musste es genäht werden!" Wieder
lachten alle. Erleichtert ging ich auf die Toilette und hielt
meine Hand unter den Wasserstrahl. Manchmal nahm ich
mich aber auch einfach zu wichtig! Als ich wieder an der
Theke vorbei ging, balancierte Erik ein abgefrühstücktes
Tablett in Richtung Küche. Ich ging hinter ihm her; falls er
stolpern sollte, würde ich ihn auffangen. Aber er fiel nicht.
Die Tür zur Küche stand auf und an der Spüle stand ein
junges Mädchen, offenbar eine neue Aushilfe. Die kannte
ich noch gar nicht. Sie nahm Erik das Tablett ab und stellte
es auf die Spülmaschine. Erik stemmte seine kleinen Hände
in die Taille – wie es Frau Kannenbäcker auch immer macht
– und sagte: „So geht das aber nicht!" Ich blieb stehen und
verbiss mir ein Lachen. Das musste ich mir einfach ansehen.
„Wenn man den Teller nicht abgeleckt hat, muss man den
erst abkratzen!" erklärte er von oben herab. Irritiert sah das
Mädchen zu ihm herunter. Erik legte den Kopf schief.
Leicht besserwisserisch fragte er dann. „Du hast auch noch
nie in der Küche helfen müssen, was?" Das Mädchen wurde
rot und ich machte, dass ich zurück zum Büffet kam. „Ihr
Enkel arbeitet gerade das neue Mädchen ein!" flüsterte ich
Frau Kannenbäcker zu. „Um Himmels willen!" lachte sie.

„Da gehe ich wohl lieber mal nachsehen!" Ich belud meinen Teller mit Fisch und Shrimps, verzichtete auf die Cocktailsauce und garnierte alles mit etwas Meerrettich. Meine Mutter hatte ihren Teller schon fast wieder leer. „Da bist du ja endlich! Wo warst du denn so lange?" Lachend erzählte ich von Erik und der Küchenhilfe. Mama lachte auch. „Der ist aber auch goldig!" Sie klaute mir einen Shrimp vom Teller. „Ich glaube, ich muss gleich ein Knöpfchen aufmachen. Gut, dass wir hier so geschützt sitzen!" Sie zog ihr Oberteil hoch, öffnete den Hosenknopf und atmete auf. „Hach, so ist's besser." Prüfend schaute Mama mich an und sah zu, wie ich liebevoll ein Stück Forelle in Meerrettich badete. „Denkst du noch manchmal an Anders?" fragte sie. „Klar", nickte ich. „Sicher. Aber es tut nicht mehr so weh. Jedenfalls meistens nicht. Iris ist total super, ich weiß gar nicht, was ich ohne sie gemacht hätte. Eigentlich erstaunlich, dass wir uns so gar nicht auf die Nerven gehen." „Ja, wirklich erstaunlich!" stimmte meine Mutter mir zu. Wie meinte sie das denn jetzt? Ich zog die Augenbrauen hoch. „Opa hat übrigens deinen Gutschein eingelöst!" erzählte sie und klaute mir noch ein Shrimp. „Er war ganz begeistert – man hat sich so nett um ihn gekümmert und sehr angenehm fand er, wie ihm die junge Frau seine Füße massiert hat. Auf jeden Fall will er jetzt regelmäßig dahin und zum nächsten Geburtstag möchte er nur noch Gutscheine statt all der Socken." „Und Obstler, nehme ich an", ergänzte ich trocken. Mama lachte. „Wenn das Tante Sophie nicht verbietet!" meinte sie. „Das wüsste ich aber! Dann gerade! Die stellt sich immer an! Opa hatte doch einen tollen Geburtstag, warum soll er sich nicht mal einen antüttern? Manchmal behandelt sie ihn wie ein Kind!" Mama nickte. „Hast ja Recht. Aber sie meint es halt gut!" „Gut ist meist das Gegenteil von gut gemeint!" erklärte ich weise. „Jedenfalls hat er wieder richtig gepflegte Pilleüße! Wir waren bei Tante Sophie im Garten, Kaffee trinken und Opa hat sich gesonnt und mir ganz begeistert seine Käsemauken entgegen gestreckt!" Mama kicherte. „Eigentlich war es ja mehr ein Verlegenheitsgeschenk", sagte ich leise. „Aber du hast ihm eine große Freude gemacht!" Mama tätschelte meine Wange. „Ich wäre ja nicht im Traum darauf gekommen, ihm so etwas zu schenken! Wer weiß, vielleicht will Opa Willi das demnächst auch probieren!" „Ich glaube eher, Oma Irmgard schnappt ihm den Gutschein vor der Nase weg!" „Sie können ja zusammen gehen!" kicherte Mama. Ich musste auch lachen. Wir überlegten, ob wir nicht einfach einen Familienausflug zur Fußpflege machen sollten. Endlich hatten wir meinen Fisch aufgegessen. Obwohl ich eigentlich schon mehr als satt war, ließ ich mich von meiner Mutter zum Nachtisch verführen. Wir gönnten uns noch jeder eine Portion Brötchen-Schokoladen-Auflauf mit Kirschen und Baiserhaube. Danach dachte ich wirklich, ich platze.

Erik kam an unseren Tisch. „Darf ich abräumen?" fragte er professionell. Meine Mutter war gerührt und steckte ihm gleich ein großzügiges Trinkgeld zu. „Du machst das ja wie ein gelernter Kellner!" lobte sie ihn. Strahlend balancierte Erik die beiden Teller in die Küche. „Ich hole uns noch zwei Cappuccino" meinte Mama, ohne auf meine schwachen Proteste zu achten. Während ich wartete spähte ich durch die Palmwedel. Der nette Typ war gerade dabei, zu gehen, seine Clique hatte sich schon davongemacht. Er sah sich suchend um und verließ dann langsam das Sahneschnittchen. Mein Herz klopfte ein wenig schneller als sonst. Ich kam einfach nicht darauf, wo ich ihn schon mal gesehen hatte. Ob er wohl nach mir Ausschau gehalten hatte? *Du nimmst dich schon wieder zu wichtig!* schimpfte ich mit mir selbst. Trotzdem war ich irgendwie zufrieden. Das war

das erste Mal, dass ein Mann mir Herzklopfen verursacht
hatte – nach Anders.

Von Regalen und Schokolade

Als ich am Montag zum Büro ging, traf ich Frau CD auf den letzten Metern und wollte ihr sogleich von meinem Saunatag und dem tollen Brunch mit meiner Mutter erzählen. Die Tür war noch zu, wir schlossen auf und schalteten die Alarmanlage ab. Einmal hatten wir das vergessen und ein Heidenspektakel verursacht. Als wir das Büro betraten, traf mich fast der Schlag. „Einbrecher!" keuchte ich. Sprachlos starrte ich auf das Chaos, das sich auf dem Boden auftürmte. „Quatsch, Einbrecher!" schnaubte Frau CD. „Das hässliche Regal hat schlapp gemacht. Wurde auch Zeit!" Tatsächlich. Das Regal – Herr Krimmelbein hatte es nach dem Tod seiner Schwiegereltern nicht hergeben wollen; nicht etwa aus sentimentalen Gründen. „Das ist doch noch gut! Deutsche Eiche, massiv! Nicht der furnierte, billige Mist, den man heute bekommt! So etwas kann man doch nicht wegtun!" Frau CD und ich waren da von je her anderer Ansicht gewesen und hatten das ungeliebte Regal mitleidlos mit Aktenordnern und Büchern vollgestopft. Es war nun eben kein Büromöbel und eigentlich nicht für so viel Belastung bedacht, und unsere Ordner steckten so fest zwischen den Böden, dass wir manchmal Mühe hatten, wenn wir einen herausziehen wollten. Der türkische Arbeiter, der vor einiger Zeit da gewesen war, hatte uns darauf aufmerksam gemacht, dass es im Übrigen eigentlich an der Wand befestigt werden müsse, da es sonst nicht stabil genug sei, aber wir hatten ihn mit Kaffee und Keksen bestochen und er hatte dem Chef nichts gesagt. Frau CD besah sich zufrieden das Durcheinander auf dem Fußboden. „Jetzt kriegen wir vielleicht endlich eine richtige Büroeinrichtung!" „Hoffentlich hat der im Keller nicht noch einen netten alten Wohnzimmerschrank von seinen Schwiegereltern!" sorgte ich mich. Während wir noch überlegten, ob es taktisch klüger wäre, Herrn Krimmelbein das Chaos in seiner ganzen Pracht sehen zu lassen oder lieber aufzuräumen, um ihn gnädig zu stimmen, hörten wir die vertraute Papiertüte rascheln. Der Chef kam gemütlich kauend herein und verschluckte sich beinahe an seinem Rosinenbrötchen. Fassungslos schaute er von uns zum Aktenberg. Nachdem er endlich den Bissen heruntergewürgt hatte, brachte er hervor: „Was haben *Sie* denn hier gemacht?" Verärgert stemmte Frau CD ihre Hände in die Hüften. „Das ist ja wohl nicht Ihr Ernst!" Empört schimpfte sie auf ihn ein, bis er beschwörend die Hände hob. „Ist ja schon gut, so hab' ich das doch gar nicht gemeint! Was ist denn passiert? Ist das Regal umgefallen?" „Umgefallen?? In sich zusammengefallen, würde ich eher sagen!" „Das kann ich mir nicht vorstellen! Das ist massive Eiche!" Herr Krimmelbein hob die Augenbrauen und den Zeigefinger. „Die ist robust! Die hält was aus. Bestimmt reicht es, wenn wir das festdübeln. Räumen Sie mal den Kram da beiseite, ich rufe jemand, der uns das wieder festmacht." Er fischte nach einem neuen Rosinenbrötchen, nickte uns freundlich zu und verschwand in seinem Büro. Die Tür machte er zu, wahrscheinlich, um das Elend nicht mit ansehen zu müssen. Der Rest des Vormittags verlief in einträchtiger Zweisamkeit von Frau CD und mir. Gemeinschaftlich schimpfend räumten wir die Akten beiseite und schichteten sie zu vielen kleinen Türmchen auf. Frau CD wimmelte unwirsch die Kunden am Telefon ab. Nach zwei Stunden waren wir verschwitzt, staubig und ziemlich genervt. Vorsichtig spähte der Chef aus seinem Büro. Offenbar hatte er jemanden aufgetrieben, der sich des Regals annehmen würde. Wir hatten uns gerade etwas frisch gemacht, da stand das Monster wieder, festgedübelt an der Wand. Die Akten konnten wir nun wieder einräumen. Es war mir unbegreiflich, dass die alle mal da hinein gepasst hatten. Die letzten fünf Ordner wollten einfach nicht mehr hineingehen. Ärgerlich holte Frau CD den Chef. „Das Regal ist eben zu klein!" Anklagend hielt sie ihm zwei Ordner hin. Der Chef lächelte nachsichtig und nahm ihr die Ordner ab. „Das ist doch Unsinn!" sagte er freundlich. „Geben Sie mal her. *Ich* mach das schon!" Er stopfte einen Ordner quer über die anderen drüber und klopfte ihn energisch in das Regal. Schweiß glänzte auf seiner Stirn. „Sehen Sie? Ganz einfach!" Er hämmerte mit seinen Fäusten jeden der fünf Ordner mit Gewalt in eines der Fächer, quer über die anderen Ordner. Als er im obersten Regalfach angekommen war und einen besonders dicken Aktenorder kräftig mit der Faust zwischen die Eichenbretter schlug, gab es ein seltsames, knirschendes Geräusch. Erschrocken starrten wir auf das Regal. Ein paar Sekunden tat sich nichts. Dann gab es ein lautes Krachen und das Regal brach auseinander. Ein Brett blieb mit einigen Ordnern an der Wand, der Rest fiel polternd auf den Boden. Fünf Minuten später schichteten Frau CD und ich wieder kleine Aktentürmchen auf. Der Chef surfte derweil im Internet nach Büromöbeln.

Als ich Frau CD in einer späten Mittagspause endlich näher von meinem Saunatag berichten konnte, hatte ich das Gefühl, als sei das alles Jahre her gewesen.

Auf dem Nachhauseweg ging ich noch kurz in den Supermarkt. Ich fühlte mich um meine wohlverdiente Entspannung betrogen, war genervt und mit allem unzufrieden. Blöder Krimmelbein, blödes Regal, blöder Anders. Ich stolperte über meine eigenen Gedanken. Anders? Wie kam ich denn jetzt darauf? Wütend über mich selber und vor allem darüber, dass ich überhaupt an ihn gedacht hatte, marschierte ich kriegerisch durch die Regalreihen. Ich kam an dem Tee-Regal vorbei und überlegte kurz. Kamillentee! Dann schob ich trotzig die Unterlippe vor, reckte mein Kinn und ließ den Tee links liegen. Blöder Tee! Als ich an der Kasse ankam, stapelte ich vier Töpfe Mousse au Chocolat, zwei Portionen Schokoladenpudding, Milchschnitten, Tiramisu und fünf Tafeln Schokolade auf das Band. Dazu noch einen schönen Käse und eine Flasche Rotwein. Die Kassiererin schaute etwas verblüfft vom Band hoch. Ich starrte sie aggressiv an. Sollte die dumme Gans bloß wagen, einen blöden Kommentar abzugeben. Sie tat mir den Gefallen nicht. Ich packte meinen Einkauf in eine braune Papiertüte und ging strammen Schrittes nach Hause. Als ich gerade meine Tüte abstellte, um nach meinem Schlüssel zu suchen, kam Armanie um die Ecke. Sie hatte ein Handy am Ohr und hatte anscheinend eine ebenso sonnige Laune wie ich. Als unsere Blicke sich trafen, runzelte sie ihre gewitterumwölkte Stirn, rollte die Augen und zischte etwas ins Telefon. Dann legte sie auf. Sie grüßte knapp und ich machte, dass ich endlich hineinkam. Ich war seltsam befriedigt davon, dass Armanies Tag anscheinend nicht besser als meiner gewesen war und ging die Treppe hinauf. Nachdem ich meine Errungenschaften auf dem Esstisch aufgebaut hatte, besah ich mir den Berg zufrieden. Durch meinen strammen Marsch war ich ziemlich erhitzt. Ich schob meine neue Aerobic-DVD in den Player und kämpfte auf dem Wohnzimmerteppich mich durch viele schweißtreibende Übungen. Nach einer dreiviertel Stunde fühlte mich schon deutlich besser. Mein Bedürfnis, mich sofort über all die eingekauften Köstlichkeiten herzumachen, war auch verflogen. Ich räumte alles in den Kühlschrank und knabberte dann genügsam an einer Milchschnitte. Nachdem ich geduscht und die Haare gewaschen hatte, besah ich mich kritisch im Spiegel. Eigentlich war ich mit meinem Anblick ganz zufrieden. Wenn ich mal wieder etwas Geld übrig haben sollte, würde ich mal ein paar nette Fotos von mir machen lassen, die ich später meinen Enkelkindern zeigen konnte – wenn ich jemals welche haben sollte. Ein Jammer, dass Anders sie niemals sehen würde – dann würde er schon sehen, was ihm entging!

Ich föhnte mir die Haare und war so gedankenverloren, dass ich Iris gar nicht bemerkte, die nach Hause gekommen war. Daher bekam ich beinahe einen Herzinfarkt, als auf einmal die Badezimmertür aufging. „Hallo, schöne Frau!" grinste Iris. „Tut mir Leid, hab ich dich erschreckt?" Sie gab mir einen Klaps auf den Po und verschwand wieder. Ungefähr zehn Sekunden später kam sie wieder herein. „Sag mal, willst Du eine Schokoladenparty veranstalten? Und wie viele Leute wolltest Du einladen?" Schuldbewusst zupfte ich an einer Haarsträhne. „Naja, also eigentlich war das ja alles für mich..." Iris klappte der Unterkiefer herunter. „Aber dir gebe ich natürlich was ab." Ich grinste verlegen. „Blöder Tag?" fragte Iris. Ich zog die Nase kraus. „So schlecht war er eigentlich gar nicht. Ich werde also nicht den ganzen Pudding allein brauchen," erklärte ich mit einer großzügigen Handbewegung. „Und was ist mit deiner gesunden Ernährung und überhaupt?" „Ist mir auch noch rechtzeitig wieder eingefallen. Aber das heißt ja nicht, dass ich völlig auf Schokolade verzichten muss!" Iris zog die Augenbrauen hoch und schüttelte den Kopf. „Zwischen Entzug und Überfluss gibt es aber noch Zwischenstufen; das ist dir schon klar, oder? Ob man Mousse auf Chocolat einfrieren kann?" Wir beschlossen, es zu probieren. Iris hatte auch eingekauft, allerdings Paprika, frische Erbsen, Möhren, Lauchzwiebeln, kleine knallrote Tomaten und etwas Putenbrust für eine schöne bunte Gemüseplatte. Nach kurzer Zeit durchzog ein angenehmer Duft die Küche. Das Gemüse war schön knackig, mit Sojasauce abgeschmeckt und dazu gab es Reis, den wir in einer Gemüseboullion mit etwas Knoblauch gekocht hatten. Dazu eine große Portion Mineralwasser. Die Krönung war eine doppelte Portion Schokoladenpudding für jeden. „Wenn ich noch mitgekriegt hätte, worüber Armanie sich so geärgert hat, dann hätte das ein richtig netter Tag sein können!" vollendete ich meinen Bericht und leckte den Löffel ab. Iris schüttelte ihren Lockenkopf. „Ich weiß gar nicht, was du hast. Immerhin kriegt ihr jetzt endlich eine neue Büro-Einrichtung." Als ich abends ins Bett ging, wusste ich eigentlich selbst nicht mehr so genau, worüber ich mich eigentlich so aufgeregt hatte.

Urlaubspläne

Mittlerweile war es mehr Herbst als Spätsommer und Iris'
Urlaub rückte in greifbare Nähe. Sie fuhr mit ihrer Schwester
für zehn Tage nach Spanien und ein bisschen bedauerte ich
mich, dass ich alleine zurück bleiben würde, aber der Urlaub
war natürlich schon lange geplant – zu einer Zeit, als es für
mich noch gar nicht denkbar gewesen wäre, ohne Anders in
den Urlaub zu fahren. Ich tat mein Bestes, Iris' Vorfreude zu
unterstützen. Sie surfte im Internet nach spanischen
Wetterberichten, entschied sich, auf jeden Fall ihren
Badeanzug und den Bikini einzupacken, den sie im
Schlussverkauf (oder wie das auch immer mittlerweile heißt)
ergattert hatte und stellte fest, dass sie viel zu wenig
urlaubstaugliche Klamotten hatte. Wir machten also noch
einen last-minute shopping-trip und ich kaufte mir eine
Jeans, die herunter gesetzt war – ich hatte sie gar nicht
anprobiert, sondern sofort gekauft – und ein nettes Oberteil
für den Übergang, das nur ein bisschen zu lang war. Aber
das konnte man ja abschneiden, Papa würde es mir schon
umnähen. Während Iris ihren Kleiderschrank ausräumte und
packte, kramte ich in meinem, mistete aus und packte allzu
luftige Sommersachen weg, um Platz für die vielen
kuscheligen Pullover zu machen, die ich bald wieder
brauchen würde. „Hmpf." Ich hielt die neue Jeans hoch, die
aus einem federleichten Stoff genäht war und zog sie endlich
an. „Eigentlich ist die ja ganz schön...", überlegte ich und sah
etwas skeptisch an mir herunter. „Aber sie ist dir zu kurz!"
sagte Iris, die 6 Zentimeter kleiner ist als ich, gnadenlos.
„Allerdings – wenn ich du wäre..." „Ja?" „Also, an deiner
Stelle würde ich sie einfach noch ein kleines Stück kürzen
und eine Borte oder sowas unten dran nähen lassen. Dann
könntest du die super als dreiviertel lange Hose tragen. Das
ist doch so irre leichter Jeansstoff!" Begeistert besah ich die

Hose näher. Tolle Idee! Gleich morgen würde ich bei meinem Vater vorbei fahren! Vielleicht hatte der sogar noch Borten für mich. Oder ich könnte eine ganz tolle kaufen, in rot und gold oder türkis und silber oder...

„Kommst du noch kurz mit ins Reisebüro, bevor wir ins Sahneschnittchen gehen?" riss mich Iris aus meinen Träumen. „Ich hole noch einen Katalog, wir wollten unseren Eltern das Hotel zeigen, wo wir hinfahren, und Nadja hat den Katalog verschlampt." Klar würde ich.

Als wir das Reisebüro betraten, saß eine griechische Familie mit zwei Kindern vor dem Berater; die rotblonde Mutter war offenbar deutsch, der Vater eindeutig Südländer. Der kleine Sohn war ungefähr im Grundschulalter und hatte einen schwarzen Lockenkopf, das Mädchen war etwas älter und man konnte noch nicht genau sagen, ob es mal ein rassiger Teenager oder eine kleine Matrone werden würde. Junior versuchte, einen Katalog mit einem großen Caravan darauf aus dem Regal zu ziehen. Der bereits gestresste, aber dennoch bemühte Verkäufer war sofort behilflich. „Wir haben hier eine Zusammenstellung von ganz exquisiten Anlagen für Zelt und Wohnwagen!" erklärte er beflissen. „Kempenich," sagte der Vater brummig. „Wie bitte?" Verdutzt schaute der Verkäufer ihn an. (Verkäufer? Heißen die so? Reisebürofachangestellter? Wie auch immer.) „Kempenich!" wiederholte der Grieche ärgerlich. Der Verkäufer begriff immer noch nicht und schaute hilflos zu der rotblonden Frau. „Er meint, er mag keinen Camping-Urlaub!" sagte sie freundlich. Ihr Mann schaute nun noch ärgerlicher von ihr zu dem offenbar sehr begriffsstutzigen Herrn vom Reisebüro. „Bei schlechtes Wetter sitzt du eng, ganze Tag!" schimpfte er. „Ferienwohnung ist besser!" Er überlegte kurz. „Wissen Sie was? Nehmen wir zwei, drei Kataloge und gucken wir selbst!" Die vier marschierten mit einem imposanten Papier-Paket hinaus. Sein Sprössling hatte den Camping-Katalog mitnehmen wollen, aber der blieb im Regal. Wir nahmen uns schnell den Andalusien-Katalog und gingen auch. Der Reisen-Verkäufer seufzte erleichtert.

Als wir im Sahneschnittchen ankamen, waren alle Tische besetzt. Es war ein schöner Altweibersommertag und die ganze Stadt schien besessen davon, noch ein paar Sonnenstrahlen abzukriegen. An einem Tisch mit drei Gedecken erhoben sich jedoch gerade zwei alte Damen; beide waren in helle Hosen gekleidet und hatten teure Handtaschen. Die eine hatte silberne Löckchen, die andere hatte sich ihr Haar in einem aufregenden Fliederton färben lassen. Auf dem dritten Stuhl thronte auf einem dicken Kissen ein Hund, ein kleiner, schwarzer Pudel-Mischling mit extravagantem Halsband. „Komm, Puppelmatz!" flötete die Silbergelockte wohlwollend. Puppelmatz stellte sich auf seine kurzen Beinchen, schüttelte sich und hopste hölzern von seinem Kissen. Steifbeinig gingen die drei davon.
Wir sicherten uns schnell ihren Tisch und ich räumte die drei Gedecke zusammen. Puppelmatz hatte offenbar auch Kuchen gehabt, nur seine Kaffetasse war unberührt.

Wir bestellten zwei Stücke Stachelbeer-Baiser und zwei Tassen Kaffee und Iris blätterte nach ihrem Hotel. Obwohl ich eigentlich mittlerweile so gut darüber Bescheid wusste, dass ich diesen armen Kerl aus dem Reisebüro locker hätte vertreten können, ließ ich mir von ihr noch einmal alle Vorzüge aufzählen und schaute mir artig das Foto an.
„Ein bisschen beneide ich dich ja schon!" gab ich schließlich seufzend zu. „Ich schreibe dir auch ein Kärtchen!" strahlte Iris. „Aber schreib schnell! Am besten gleich am ersten Tag, damit die auch noch vor dir ankommt!" verlangte ich. Iris erzählte von den Touren in die kleinen Bergdörfer, die sie

machen würden und von den Serpentinen-Straßen, die man dafür in Kauf nehmen musste. Mein Neid verblasste zusehends. Keine zehn Pferde würde mich einen solchen Berg über eine solche Straße hinauf kriegen. Wenn ich so recht darüber nachdachte, so war es doch bei uns hier auch recht schön. „Das wird bestimmt ganz toll!" sagte ich neidlos und schlug vor: „Vielleicht solltest Du eine Schlafmaske mitnehmen oder zwei Augenklappen, damit Du nicht siehst, wo ihr herfahrt!" Erstaunt schaute meine Freundin mich an. „Dann habe ich doch gar nichts von der tollen Aussicht! Die Berge, die man da hochfährt, müssen ganz toll sein!" Ich erklärte, sie solle Fotos für mich machen und freute mich zum ersten Mal auf eine sichere, stille aber behagliche Woche allein in unserer Wohnung. Sollte Iris ruhig auf spanischen Bergen herumturnen – ich würde gefahrlos im heimischen Wohnzimmer sitzen, es mir gemütlich machen, alte Filme gucken... und mich freuen, wenn sie dann wieder da war.

Mittlerweile hatten sich die Tische etwas geleert. Ein kleiner Trupp Schulkinder kam vorbei und diskutierte aufgeregt mit zusammengesteckten Köpfen. Offenbar waren sie wütend auf einen kleinen pummeligen Jungen, der schließlich heulend auf das Café zugelaufen kam. Frau Kannenbäcker ging ihm entgegen und stellte ihr Tablett auf einem der freien Tische ab. „Was hast Du denn, mein Kleiner?" fragte sie großmütterlich. Der Knirps hielt ihr seine verklebte Hand hin. Er hatte einen gelb-schleimig verschmierten Ärmel und Reste von Eierschalen in der Hand. Schluchzend berichtete er, dass er und die anderen drei Kinder mit ihrer Klasse auf Klassenfahrt seien und nun würden sie eine Stadtrallye machen. „Wir sollten das Ei irgendwo gekocht bekommen!" heulte er. „Bestimmt verlieren wir und alles ist meine Schuld!" Frau Kannenbäcker putzte ihm die Tränchen ab. „Na, na!" tröstete sie. „Doch, alles meine Schuld, ich hatte

das Ei in der Jackentasche und dann ist es kaputt gegangen!"
Er schniefte und schaute scheu über seine Schulter. „Und
die anderen sind ganz sauer auf mich." Frau Kannenbäcker
versprach, ihm ein neues Ei aufzutreiben und es ihm dann
zu kochen. Hoffnungvoll schaute der Knirps auf. Aufgeregt
rannte er dann zu seiner Gruppe zurück und schnell liefen
sie zu viert hinein, hinter Frau Kannenbäcker her, damit sich
der I-Dotz die Hände waschen konnte und um das gekochte
Ei in Empfang zu nehmen.

„Ich hab es gehasst!" sagte Iris. „Was hast du gehasst?!"
„Diese blöden Klassenfahrten mit diesen Schnitzeljagden,
Rallyes und den ganzen Mist. Bin ich froh, dass ich nicht
mehr zur Schule gehen muss!" Mitleidig schaute sie den
vieren nach, die, nun wieder einträchtig, mit Stadtplan,
Zettel, Stift und gekochtem Ei auf zu ihrer nächsten Station
eilten.

Wir packten den Katalog ein, zahlten und gingen auch. Ich
fröstelte etwas. „Tja, der Sommer hat es wohl langsam
endgültig hinter sich!" bedauerte ich. „Für mich noch nicht!
In Andalusien ist es noch richtig warm!" „Ja, ja, erzähl mir
mehr davon!" schimpfte ich und rieb mir die Arme. Morgen
würde Iris mit ihrer Schwester bei ihren Eltern vorbeifahren
und sich verabschieden, und ich würde meinem Vater die
Sachen zum Ändern vorbeibringen – wenn er sich nicht
beeilte, würde ich die neuen Klamotten dieses Jahr sonst gar
nicht mehr tragen können!

Am nächsten Morgen regnete es in Strömen. „War ja klar!"
schimpfte ich. „So viel zum Thema dreiviertel lange Hose!"
Iris zog ächzend ihren Koffer in den Flur. „Genau das
richtige Wetter zum Verreisen!" freute sie sich. „Bist du
sicher, dass du alles hast?" fragte ich. Sie nickte und holte
ihre zerknitterte Liste aus der Hosentasche. Gemeinsam
gingen wir alles nochmal durch, von der Zahnbürste bis zur

Unterhose, Flugticket, Ausweis, Portemonnaie – alles da. „Hast du Kopfschmerztabletten mit, Pflaster und Mückenspray und sowas?" fragte ich gähnend. „Nö." Iris überlegte. „Aspirin ist schon mal `ne gute Idee. Und Pflaster eigentlich auch. Ob es da noch Mücken gibt?" „Wenn es da noch warm ist, gibt es da auch noch Mücken!" entschied ich und holte mein Anti-Moskito-Spray – es sah ja nicht so aus, als ob sich die Moskitos in Deutschland noch lange halten würden dieses Jahr. Iris machte den Reißverschluss an ihrem Koffer einen Spalt weit auf und wir stopften die Sachen hinein. „Nagelfeile?" fragte ich. „Im Koffer. Hatte Angst, dass die denken, ich will das Flugzeug entführen, wenn ich sowas im Handgepäck habe." Ich nickte wissend. Nicht, dass ich in letzter Zeit viel geflogen wäre (eigentlich überhaupt bisher nur zweimal), aber das sah man ja ständig im Fernsehen. Es klingelte. „Da ist Nadja schon!" Iris drückte auf und nahm mich in den Arm. „Ich wünsche Euch einen tollen Urlaub!" sagte ich. „Mach's dir hier schön gemütlich!" antwortete Iris. „Und wenn du eine Wolldecke brauchst... Und wo der Tee steht, weißt du ja..." Ich knuffte sie knurrend in die Seite und sie wehrte sich lachend. Nadja steckte ihren Kopf durch die Tür. „Kleine Prügelei unter Freunden, bevor wir fahren?" fragte sie. Ich wünschte auch ihr einen schönen Urlaub und noch einen netten Tag bei ihren Eltern – und dann waren sie weg. Ich zog die Wohnungstür ins Schloss. Irgendwie war es ein komisches Gefühl, allein in der Wohnung zu sein. Und ein bisschen neidisch war ich natürlich schon – trotz der Serpentinen. Etwas Flugangst hatte ich zwar, aber zehn Tage Sonne und Nichtstun hätte ich auch gebrauchen können. Seufzend schaute ich nach draußen. Graue Bindfäden regneten am Fenster vorbei. Ich packte meine neuen Klamotten, zog eine Regenjacke an und fuhr zu meinen Eltern.

Meine Mutter öffnete mir die Tür, in der einen Hand das Telefon, in der anderen ein angebissenes Brötchen. „Nein!" rief sie. „Mechthild! Wie teuer? Hach, Granit hätte ich auch gern!" Ungeduldig winkte sie mich hinein. Ich nahm ihr das Honigbrötchen ab und schaute in die Küche. „Setz dich!" freute sich Papa. „Willst du mit mir frühstücken? *Deine Mutter hat ja leider keine Zeit*!" sagte er laut Richtung Flur. „Nein, Gesine ist gerade gekommen!" erklärte Mama am Telefon. „Ja, mache ich, grüß du auch schön." Sie schnatterte noch eine Weile, bis sie dann endlich zu uns kam. „Wie schön, dass du vorbei kommst!" Sie kontrollierte, ob ich auch Teller, Messer, Kaffeebecher und sonst alles hatte, was ich zum Frühstücken brauchte, ehe sie sich endlich setzte. „Wurde auch Zeit!" brummte Papa. „Vielleicht kann Mechthild demnächst mal zu einer Zeit anrufen, zu der wir nicht frühstücken, zu abend essen oder einen Film anschauen!" „Mein Gott, jetzt hab dich doch nicht so!" Meine Mutter schmierte sich ein neues Honigbrötchen. „Soll ich etwa einen Termin mit ihr ausmachen, an dem sie anrufen soll?" Mein Vater schien das für eine ausgezeichnete Idee zu halten, wandte sich aber doch lieber mir zu. „Und deine Iris fährt nach Andalusien? Wohin denn da?" Beschämt schob ich die Unterlippe vor. „Iris hat es mir bestimmt zwanzigmal gesagt, aber ich hab vergessen, wie das heißt!" gab ich schließlich zu. „Wenn ihre Karte kommt, sag ich`s dir! Aber über das Hotel kann ich dir alles erzählen, was du wissen willst! Es liegt direkt am Strand, hat einen Pool und..." Papa schüttelte den Kopf. „Weißt du überhaupt, wo Andalusien ist?" fragte er skeptisch. „In Spanien!" erklärte ich erhaben – soviel hatte ich Iris‘ Erzählungen ja nun entnehmen können. Meine Mutter schaltete sich ein und fragte ablenkend, was ich denn in der Tüte hätte, die ich mitgebracht hatte. Wahrscheinlich wusste sie auch nicht, wo in Spanien Andalusien war. Ich zog das

Oberteil und die Jeans heraus. „Was haste denn da schon wieder abgeschnitten?" fragte Papa ärgerlich. „Du bist genau wie deine Mutter! Immer müsst ihr alles abschneiden!" „Nähst du mir das um?" fragte ich ungerührt und beschrieb ihm eifrig, wie ich mir das bei der Jeans vorgestellt hatte. „Hast du noch eine Borte da, die passen würde?" fragte ich. „Da muss ich mal nachsehen!" sagte er und erhob sich. „Aber doch nicht gleich!" sagte meine Mutter leicht verärgert, „wir wollen doch zusammen frühstücken, wenn das Kind schon mal da ist", aber da war er schon weg. Nach wenigen Minuten war er mit einer weiß lackierten Werkzeugkiste zurück, in der er seine Näh-Utensilien hatte. In Streichholzschachteln, alten Überraschungseiern und Eiswürfelbehältern hatte er Knöpfe, Pailletten und Perlen; Nähnadeln und Garnrollen waren akkurat aufbewahrt und drei alte Schaumstofflockenwickler von meiner Mutter hatte er in die oberste Lade gequetscht; sie dienten als Nadelkissen. Die Kiste war sein liebstes Spielzeug, und immer ordentlich. In einer der unteren Schubfächer hatte er Schleifenband, in sorgsam aufgewickelten Rollen. Zufrieden zog er eine smaragdgrüne Rolle von goldbestickter Borte heraus. „Die ist ja super!" rief ich. „Reicht das noch?" „Klar reicht das. Gib mal her, die Hose. Zieh die gleich nochmal an, dann kann ich das richtig abstecken. Und was ist das?" Er hielt mein Oberteil hoch. „Das war zu lang!" beschwerte ich mich. „Ein ganz blöder Schnitt! Da hab ich's abgeschnitten." Mein Vater befingerte die Nähte. „Naja. Die Verarbeitung ist okay." Er schob sich den Rest seines Brötchens in den Mund, trank seinen Kaffee aus und stand dann auf. „Ich stepp' dir das mal eben um", sagte er und wandte sich zu meiner Mutter. „Wo ist denn das Bügeleisen?" „Steht noch im Schlafzimmer auf dem Bügeltisch!" sagte meine Mutter und fing an, aufzuräumen.

„Lass nur", sagte sie, als ich anfangen wollte, ihr zu helfen. „Zieh du mal die Hose an und geh zu Papa."

Die Hose sah super aus. Selbst Mama war ganz neidisch. „Ich glaub, ich kauf mir auch so eine Hose!" sagte sie nachdenklich. „Das ist richtig chic!" „Dann muss ich aber neue Borte kaufen! Der Rest reicht jetzt nicht mehr!" Mama eilte zu ihrem Kleiderschrank und zog eine Hose nach der anderen heraus. Wir fanden bestimmt fünf, die in Frage kamen und diskutierten eifrig, welche Farben die Borten haben würden. Irgendwann würde ich auch mal einen Nähkurs besuchen. Man hatte ja so viele Möglichkeiten! Aber so hatte ich ja erst mal Papa. Während meine Mutter sich in die Stadt aufmachte, um Borten und Garn zu kaufen, fuhr ich mit meinen neuen Sachen wieder nach Hause. Der blöde Regen nervte mich. Mir fiel gerade noch ein, dass ja am nächsten Tag Sonntag war und ich vielleicht noch ein paar Teile einkaufen sollte. Also hielt ich am nächsten Supermarkt. Ich lud Brot, Käse, Obst und ein bisschen Salat in meinen Korb und blieb dann vor dem Tee-Regal stehen. Nach kurzem Zögern verabschiedete ich mich innerlich endgültig vom Sommer und kaufte drei neue Teesorten zum selber abfüllen, Kekse und Teelichter. Dann fuhr ich noch zur Videothek. Ich würde mir einen richtig schönen Abend machen!

Als ich abends auf dem Sofa saß, war ich vollkommen im Wohlfühl-Modus. Es war schon dunkel, der Regen prasselte auf die Scheiben, ich hatte viele Kerzen angezündet und die Stehlampe gedimmt, so dass es im Wohnzimmer sehr behaglich aussah. Auf dem Tisch stand eine große Kanne Tee auf einem Stövchen, daneben Schokoladenkekse und ich hatte mich zusammennehmen müssen, um nicht direkt meine neue Hose anzuziehen. Ich kuschelte mich mit

Flauschsocken und weicher Decke auf's Sofa und legte den ersten Film ein: einen stilvollen Schwarz-Weiß-Schocker.

Am Anfang genoss ich den Film in vollen Zügen – so etwa fünf Minuten. Doch schon nach kurzer Zeit bedauerte ich es aus tiefstem Herzen, mir keine Komödie geholt zu haben. Überall hörte ich es rascheln. Schließlich hielt ich den Film an, stand auf und schloss die Wohnungstür ab. Ich holte das Telefon, programmierte die Nummer meiner Eltern ein, legte es neben mich, atmete tief durch und griff wieder nach der Fernbedienung. „Gesine, du bist eine alberne Gans!" schimpfte ich mit mir und goss mir eine neue Tasse Tee ein. Ich lehnte mich im Sofa zurück, und zwang mich, den Film als das filmgeschichtliche Meisterwerk zu sehen, das er vermutlich war, und bewunderte, wie gekonnt doch die Soundeffekte, d.h. eigentlich die Hintergrundmusik eingesetzt war. Man fühlte sich direkt beobachtet. Es war unmöglich, dabei zu entspannen. Die Musik wurde kreischender. Ich konnte gar nicht hinsehen, und mein Herz klopfte schneller. Bestimmt würde dieser Bösewicht gleich die hilflose Frau aus ihrem Rollstuhl die Treppe hinunter stoßen! Ich griff nach einem Kissen, hielt es mir vor's Gesicht und sah zur Seite. Mein Blick fiel auf die Obstschale auf dem Esstisch. Ich wollte gerade wieder zum Bildschirm sehen, als mir der Atem stockte. Da war doch eine Bewegung gewesen! Das hatte ich mir doch nicht eingebildet! Zum Esstisch starrend, beugte ich mich zur Stehlampe und drehte langsam den Dimmer heller. Da! Wieder dieses Geräusch! Ich griff panisch nach dem Telefonhörer. In diesem Moment tauchte ein dicker Mäuserich hinter der Birne auf und biss herzhaft hinein. Ungerührt schaute er zu mir herüber. Im gleichen Moment wie die Rollstuhlfahrerin, die die Treppe hinunter polterte, kreischte ich los, das Telefon noch immer ans Ohr gepresst.

Ich weiß nicht, wie lange ich geschrien habe, jedenfalls hörte ich irgendwann deutlich meine Mutter, die ebenso panisch klang wie ich. „Gesine? Bist du das, Gesine? Was ist los, mein Schatz? Sag doch was!" „Eine Maus!" japste ich. Die Stimme meiner Mutter gefror. „Eine Maus!?" fragte sie eisig. „Ein dicker Mäuserich in meinem Obstkorb!" rief ich fassungslos. „Und deswegen jagst du mir einen solchen Schrecken ein? Das fasse ich ja nicht! Ich dachte, dich murkst einer ab!" Sie holte tief Luft und ich konnte förmlich hören, wie sie sich auf's Sofa fallen ließ. „Was mache ich denn jetzt?" Ich kam mir mittlerweile reichlich kindisch vor. „Na, was wohl? Du holst dir Montag eine Mausefalle und schnappst dir die dicke Maus! Ich jedenfalls hole mir jetzt einen Schnaps." Ich entschuldigte mich, dass ich Mama so grundlos in Panik versetzt hatte und blickte auf die rotwangige Birne. Vorsichtig stand ich auf. Von der Maus war keine Spur mehr zu sehen. Sie hatte offenbar von jedem Obststück einmal abgebissen und war nun schlafen gegangen. Wahrscheinlich hatte ich sie erschreckt. Im Film schrie wieder jemand und ich fuhr ängstlich zusammen. Jetzt reichte es mir. Ich stellte den DVD-Player aus und ließ mich erschöpft aufs Sofa fallen. Im Fernseh-Programm war natürlich auch nichts komisches. Ich pustete die Kerzen aus und ging mit einem lustigen Buch ins Bett.
In dieser Nacht schlief ich schlecht und träumte wirr. Im Traum saß ich an einer Nähmaschine und versuchte vergeblich, eine Borte an meine neue Hose zu nähen, aber es wurde jedesmal schief. Im Hintergrund schleppte der dicke Mäuserich Iris' Koffer zu Tür und wollte in den Urlaub fahren. Ich versuchte vergeblich, ihn daran zu hindern und zerrte mit aller Kraft an dem Koffer. Schweißgebadet wachte ich auf.
Wurde Zeit, dass Iris wiederkam.

Mäusemord

Ein übernächtigtes, käsiges Gesicht mit spülwasserblonden Haaren blickte mir aus dem Spiegel entgegen. Mit viel Mühe konnte man noch die Andeutung von verblichenen Strähnchen entdecken. „Mist!" schimpfte ich. Ich hatte vergessen, dass ich ja schon seit einigen Wochen zum Friseur hatte gehen wollen. „Ob es wohl auch eine Tönung aus dem Drogeriemarkt tut?" überlegte ich laut. Nein, entschied ich mich dann, wenn schon, denn schon! *Friseur!* schrieb ich in meinen Kalender. Dann band ich mir die Haare zusammen, schrubbte mein Gesicht, bis es zumindest rosig aussah, cremte mich ein und machte mir ein schönes Sonntagsfrühstück. Ein gekochtes Ei, aufgebackene Brötchen aus dem Ofen, leckerer Käse... Misstrauisch sah ich mich in der Küche um, aber von dem dicken Mäuserich war keine Spur zu sehen. Wie kam dieser kleine Nager überhaupt in die Wohnung? Ein Glück, dass es Kühlschränke gab und er dort nicht an meinen Käse konnte! Die rotwangige Birne war schon reichlich abgefrühstückt. Offenbar war die fette Maus vor mir aufgestanden und hatte es sich schmecken lassen. Ich fischte die noch einigermaßen essbaren Obststücke aus dem Korb und verstaute sie auch im Kühlschrank. Dann löste ich etwas Instant-Kaffee in heißer Milch auf und setzte mich an den Tisch. Ich weiß, Kaffeetrinker kriegen bei Instantkaffee eine Gänsehaut, aber direkt in Milch schmeckt er super.
Ich konnte trotz der größten Mühe, die ich mir gab, das Frühstück nicht genießen. Ich war todmüde. Schließlich räumte ich alles weg und ging wieder ins Bett. Gut, dass heute Sonntag war. Ich würde einfach noch ein wenig schlafen.

Nach knapp zwei Stunden wurde ich wach und rieb mir die Augen. Nach wohligem Recken und Gähnen setzte ich mich im Bett auf und erstarrte. Gegenüber, auf dem linken Bettpfosten saß – der Mäuserich. Possierlich kratzte er sich den Schnurrer und sah zu mir herüber. „Iiiiih!" machte ich und sauste aus dem Bett. Die Maus war weg. Ich raste zum Telefon.

In der Nacht auf Montag schlief ich bei meinen Eltern.

Der Montag war aufregend. Direkt nach der Arbeit ging ich in den Baumarkt. Es dauerte lange, bis ich jemanden fand, der sich auskannte und schließlich betrachtete ich die vielen Mausefallen. Eigentlich hatte ich eine ganz schlichte Mausefalle kaufen wollen, aber der Verkäufer hatte mich gleich durchschaut. „Wollen Sie hinterher die Mäuseleiche entsorgen?" fragte er mich skeptisch von der Seite. „Nehmen Sie lieber eine Lebendfalle. Dann können Sie die Maus wieder aussetzen." Der Gedanke an eine enthauptete Maus, aus der die Gedärme herausquollen, ließ mich frieren. Wochenlang würde ich Alpträume haben! Ich schluckte. „Also gut. Wahrscheinlich haben Sie recht. Ich nehme dann eine Lebendfalle!" sagte ich tapfer. „Außerdem sind so Mäuse ja eigentlich ganz niedlich." „Wenn sie nicht gerade in der eigenen Wohnung herumhüpfen!" nickte der Verkäufer zustimmend.

Mit meiner neu erworbenen Mausefalle fuhr ich wieder zu meinen Eltern. „Der Verkäufer meinte, ich soll keinen Käse, sondern Speck hineintun!" erklärte ich. Skeptisch schauten Mama und ich auf die Falle hinab. Es war ein rundes Ding, das oben ein Loch hatte. Dort waren die Streben nach innen gebogen und bildeten einen sehr schmalen Gang hinein in die Falle und endeten kurz vor dem Boden in messerscharfen Spitzen. „Meinst Du wirklich, dass da dein dicker Mäuserich durch passt?" fragte meine Mutter mich

zweifelnd. Misstrauisch beäugten wir die Falle von allen Seiten. „Du hast doch gesagt, es sei eine ziemlich dicke Maus!" Ich kniff die Lippen zusammen. „Außerdem", fügte Mama mitleidig hinzu, „wird das arme Tier sich unten an den Spitzen verletzen. Wenn sie verletzt ist, kannst du sie doch nicht aussetzen!" Bestürzt befingerte ich die Streben. Mama hatte Recht! Wir hielten Kriegsrat und marschierten schließlich energisch in den Keller. Wir stellten die Falle auf die Werkbank und bogen ein wenig mit allerlei Werkzeug daran herum, bis wir schließlich zufrieden waren. Der Zugang zum Speck war nun etwas breiter und die Spitzen unten etwas hochgebogen. So würde mein Mäuserich bestimmt hineinpassen und sich bestimmt auch keine Verletzungen zuziehen. Wir beschlossen, dass ich ihn am nächsten Tag mit Mama abholen und dann hinter der großen Wiese unseres Nachbarn laufen lassen würde. Ich kaufte der Maus ein schönes Stück fetten Speck – der sollte ja gut duften – und setzte meine Falle zu Hause ab.
Als wir am nächsten Tag neugierig die Wohnung betraten, war der Speck weg; die Maus auch.

Frau CD reagierte genau wie mein Vater. Sie fand die Geschichte einfach zum Schreien und trocknete sich begeistert die Lachtränen. „Papa hat die tote Maus dann entsorgt", erzählte ich missmutig. „Um nichts in der Welt wäre ich nochmal in diesen Baumarkt gegangen!" „Und da hat der liebe Papa sich gekümmert!" spottete Frau CD. Allerdings hatte er das, wofür ich sehr dankbar war! Irgendwo hatte er eine alte Falle aufgetan, und nun saß mein Mäuserich im Mäusehimmel. Ich schämte mich ein wenig wegen des Mäusemords. „So ein Quatsch!" winkte Frau CD ab. „Und bei Eurem Nachbarn auf der Wiese hättet ihr die Maus ohnehin nicht aussetzen können! Der hätte euch schön was erzählt!" Sie ermahnte mich, herauszufinden, wie die Maus überhaupt hereingekommen war und ging dann eher nach Hause, wegen eines Arzttermins. Ich machte mich über die Ablage her und schleppte mich nachmittags geplättet und schlaff in unsere leere – hoffentlich völlig leere! – Wohnung.

Auf dem Weg kam ich an einem Werbeplakat vom Roten Kreuz vorbei. Mein schlechtes Gewissen, das sich gerade wieder sanft zur Ruhe betten wollte, schrillte wieder. Ich hatte Doktor Feuerlein doch versprochen, zur Blutspende zu gehen! Kurz überlegte ich, ob ich warten sollte, bis Iris wieder da war, aber das war wirklich zu lächerlich. Gleich wollte ich im Internet nach Terminen schauen.
Zu Hause fiel mir dann aber auf, dass ich erst einmal dringend in die Videothek musste. Über den blöden Mäuserich hatte ich ganz vergessen, dass ich mir ja mehrere Filme ausgeliehen hatte! Zwei davon blieben ungesehen und vom dritten fehlte mir ja der Schluss. Aber von Schwarz-Weiß-Schinken hatte ich für`s erste mehr als genug. Die Filme kosteten ein Vermögen, weil ich für vier Tage bezahlen musste. Ich war wütend über mich und noch zorniger über diesen dämlichen Nager, der mir das alles verdorben hatte. Sollte er doch sonstwo schmoren!

Erstspender

Je häufiger ich die Geschichte mit „meiner Maus" erzählen musste, desto entspannter wurde ich. Spätestens beim dritten Erzählen war selbst mir aufgefallen, dass die ganze Sache auch ihre komischen Seiten hatte. Iris würde ihren Heidenspaß haben, wenn sie wiederkam. Jedenfalls hatte ich endlich im Internet nach Terminen für die Blutspende geschaut. In meiner Nähe gab es mehrere Möglichkeiten und ich suchte mir vorsorglich eine aus, die ich bequem zu Fuß erreichen konnte. Man konnte ja nie wissen, ob ich danach noch in der Lage sein würde, Auto zu fahren. Ich hatte kurz überlegt, ob es wohl sinnvoll war, mir einen Zettel zu schreiben, mit dem Hinweis, dass ich Blutspenderin war. Nur für den Fall, dass ich auf dem Rückweg einen Schwächeanfall erleiden und die Leute mich für eine alkoholisierte Drogenabhängige halten würden, aber dann verwarf ich den Gedanken wieder. Wenn sie mich für einen Junkie hielten, würden sie wohl kaum in mein Portemonnaie oder meine Tasche sehen. Und quer über die Brust kleben wollte ich den Zettel dann auch nicht.

Ich ging vorher extra nochmal zum Geldautomaten, damit ich mir zur Not ein Taxi leisten und mich von einem freundlichen Fahrer gestützt zu meiner Wohnungstür bringen lassen konnte. Ich war schon etwas aufgeregt und hatte lange überlegt, was man wohl so anzieht, zum Blut Spenden. Meine seriöse Bluse hatte ich zu meinem Bedauern wieder in den Schrank hängen müssen: Ich hatte ausprobiert, wie gut man den Ärmel hochkrempeln konnte und hatte meinen Oberarm mit der Stoffwulst doch allzu sehr abgeschnürt. Ich hatte mich dann für eine neutrale, ordentliche Jeans und einen eisblauen Pulli entschieden. Der hatte den Ärmel-Roll-Test bestanden. Dazu noch eine nette

Halskette – niemand würde mich nun für eine Alkoholikerin halten. Auf ein hübsches Hütchen würde ich verzichten müssen. Erstens hatte ich so etwas nicht und zweitens würde dann mein Haar zerdrückt. Ich betrachtete mich im Garderobenspiegel und sah eine verantwortungsbewusste Bürgerin. Zufrieden verließ ich das Haus.

Als ich ankam, war ich noch einige Minuten zu früh, aber dennoch waren bereits einige Leute eingetroffen, die sich am ersten Tisch angestellt hatten. Ganz vorn standen zwei Rentner, dahinter eine Frau im Alter meiner Mutter mit hässlicher Strickjacke und geschmacklosem Halstuch. Die Rentner schienen ihre ältesten Hosen anzuhaben. Am Ende der Schlange stand ein Biker mit Lederhose und Kutte mit vielen Aufnähern drauf. Ich war ganz eindeutig am besten angezogen, gleichzeitig aber wohl auch die einzige, der das auffiel. Gleichmütig und gelassen stellte ich mich an und freute mich, dass ich nicht die erste war. Ein Glück, dass ich solange beim Anziehen überlegt hatte! So konnte ich mir erst ansehen, was die anderen machten! Es musste ja nicht gleich auffallen, dass ich zum ersten Mal da war! Eine ergraute Dame erschien und setzte sich neben einen grau-melierten Herrn, der bedruckte Formulare in einen Kopierer einlegte. Der Biker und ich waren anscheinend die einzigen unter Fünfzig. Ich wischte meine verschwitzten Hände an meiner Hose ab und holte mein Portemonnaie heraus. Alle anderen hatten ihres auch in der Hand. Hinter mir stellte sich eine junge Frau an, die ungefähr so alt war wie ich. Sie hatte eine Sweatshirt-Jacke an und kramte ebenfalls in ihrer Handtasche. Vielleicht war die auch zum ersten Mal da! Während ich noch überlegte, ob ich sie wohl fragen sollte, kam mir die Grau-Gelockte zuvor: „Irgendwelche Erstspender?" krähte sie laut. Niemand regte sich. Ich hob zitternd die Hand. Sie schaute über ihre Lesebrille und winkte mich heran. Mit roten Bäckchen ging ich an der kleinen Schlange vorbei. Sie füllte ein Formular aus und gab mir einen gelben Zettel mit ungefähr fünfhundert Fragen und schickte mich zum nächsten Tisch, wo ein Kuli und eine Abschirmung auf mich warteten – wie in einem Wahllokal. Ich verschanzte mich dahinter. Einige Fragen waren ziemlich leicht und ich konnte sicher beantworten, dass ich zur Zeit des Rinderwahns nicht in Großbritannien gewesen war. Auch hatte ich kein Aids und war mit Sicherheit nicht schwanger, frisch tätowiert oder gepierct. Aber wann hatte ich die letzte Aspirin genommen? Hektisch rechnete ich. Hatte ich nicht als Kind mal Eisenmangel gehabt? Wann war das noch gleich gewesen? Ich holte mein Handy heraus und rief meine Mutter an. „Mama?" fragte ich leise. „Gesine? Bist du das, Gesine? Sprich doch lauter, ich hör dich gar nicht!" „Mama, ich bin beim Blutspenden! Weißt du noch, wann ich als Kind Eisenmangel hatte?" „Wann du *was* hattest? Die Verbindung ist so schlecht!" „Eisenmangel!!" zischte ich. Der Biker spähte über den Rand seiner Wahlkabine. Ich las meiner Mutter noch eine Reihe anderer Fragen vor und sie erklärte, sie würde rasch in ihren alten Kalendern nachsehen und mich dann zurückrufen. Ich stellte den Klingelton ab und behielt das Handy in der Hand. Musste ja nicht jeder mitkriegen. Mittlerweile schwitzte ich aus allen Poren. Unauffällig wischte ich mir mit einem Taschentuch die Stirn. Der erste Rentner kam bereits aus dem Nachbarraum und ließ sich von einem netten Mädchen Mitte zwanzig zu einer Liege geleiten. Ich war hier also doch nicht die jüngste. Mein Handy vibrierte. Sorgfältig notierte ich Jahr, Monat und Dauer meiner Behandlung. Mama wusste sogar noch, welches Eisenpräparat ich hatte nehmen müssen. Ich schrieb meine Allergie auf, die ich als Kind gehabt hatte und alle meine Kinderkrankheiten. Endlich hatte ich meinen gelben Zettel ausgefüllt und traute mich hinter meinem Sichtschutz hervor. Was war ich dankbar, dass es den gab! Sonst hätte ich ja vor allen Leuten mit Mama telefonieren müssen. Unauffällig stellte ich mich in die nächste Schlange und kam nach einer gefühlten Ewigkeit endlich zum Arzt. Mein Blutdruck sei etwas hoch. Ob ich das öfter hätte? Ich verneinte. Spenden dürfe ich aber trotzdem. Er nahm sich meinen Zettel vor. „Ach, ein Erstspender!" stellte er fest und lächelte mich an. Ich grinste vorsichtig zurück. „Sie müssen nicht nervös sein! Ist wie Blut abnehmen!" lachte er. Das fand ich nicht sehr beruhigend. Ich hatte Blutabnahmen schon als Kind gehasst. „Dann wollen wir doch mal sehen!" sagte er und vertiefte sich in das Formular. „Eisenmangel... 04. April `85..." Er stutzte. „Das wissen Sie alles noch? Na, Sie haben ja ein Gedächtnis! So genau brauchen sie das aber nicht aufzuschreiben. Das ist ja ewig her!" Er überflog den Rest – flüchtig, wie es mir schien! – und erklärte mir schließlich, ich dürfe nun zum nächsten Tisch und ein erstes Tröpfchen Blut abgeben. „Nur ein Tröpfchen?" fragte ich irritiert. „Ja, nur ein Tröpfchen. Den Rest kriege `mer später!" scherzte er. Pikiert darüber, dass ich mir mein Gespräch mit Mama wohl hätte ersparen können, wanderte ich weiter zur nächsten Station. „Ohr oder Fingerkuppe?"fragte mich eine Blonde mit Fransenschnitt und adrettem weißen Kittel. Ich starrte sie an. „Bitte *was?*" fragte ich. „Erstspender?" fragte sie freundlich. Ich hätte es mir auf die Stirn tätowieren sollen! Sie erklärte mir ausführlich etwas über meine Hämoglobinwerte, drückte mir eine Broschüre in die Hand und sagte, sie würde nur ein Tröpfchen brauchen. Ich könnte mir in den Finger oder ins Ohr pieken lassen. Der Biker, der gerade mit eindrucksvollem Verband am Ellbogen frisch wie der Frühling von seiner Liege gehopst war, ging gerade vorbei und sagte: „Nimm das Ohr, Kleine, Finger ist Käse!" Er nickte mir freundlich zu und marschierte hinaus.

„Ich würd` auch das Ohr nehmen!" sagte die Blonde freundlich und strich mir eine Strähne hinter mein Ohr. Sie wickelte einen kleinen Plastikpinn aus, eine Art kleine Pipette, piekste mich ins Ohr und drückte die Stelle zusammen, um einen Blutstropfen herauszupressen. Außer dem Zwicken merkte ich überhaupt nichts. Ich fragte mich gerade, ob sie mich wohl nicht richtig angepiekst hatte, da war sie schon fertig und schob den Pinn in ein Lesegerät. Sie notierte einen Wert in Blutrot auf dem Zettel, steckte mir noch kurz ein Thermometer ins Ohr und dann durfte ich – wieder geheim in einer weiteren Wahlkabine - einen Code auf meinen Zettel kleben, der besagte, dass ich mein Blut auch wirklich zum Spenden freigeben wollte und es nicht etwa nur zum Spaß abzapfen ließ. Jetzt ging das los! Man nahm mir den Zettel ab, steckte ihn gefaltet in einen kleinen Tuppertopf mit allerlei Kram darin und gab mir das ganze zurück und ein netter junger Mann, Typ Student, zeigte auf die Liegen. „Rechter oder linker Arm?" fragte er. Unsicher betrachtete ich meine Arme. „Eigentlich ist mir das ziemlich egal", sagte ich schließlich. Da gerade eine Liege für Rechtsspender frei war, dirigierte er mich dorthin und ich krempelte meinen Ärmel hoch. Das hatte ich schließlich zu Hause geübt! Stolz streckte ich ihm meinen Arm entgegen. „Name, Geburtsdatum?" fragte er. „Das steht schon da drauf!" sagte ich schüchtern. Ich erntete Gelächter. Er erklärte mir, das sei eine Sicherheitsmaßnahme, und ich verstand, dass sich so nur jemand für mich ausgeben konnte, der wusste, wie ich hieß. Und wann ich Geburtstag hatte. Brav sagte ich alles auf, und endlich ging es ans Blut spenden. Ich hatte das Gefühl, schon seit fünf Stunden in diesem Laden zu sein. Ich musste eine Faust machen, immer auf und zu, und schließlich war er zufrieden. Er hatte meinen Arm abgeschnürt, drückte auf meiner Ellbeuge herum und sagte dann, dass ich eine schöne Vene hätte und schob ganz behutsam eine Nadel hinein. Ich durfte die Faust wieder aufmachen. Stolz über meine tolle Vene und erstaunt darüber, dass ich fast gar nichts gespürt hatte, schaute ich auf meinen Arm. Ein schmaler, dunkelroter Schlauch führte aus meiner Ellbeuge hinunter in einen extra-dicken Gefrierbeutel, der sachte und sanft auf einer Wippe geschaukelt wurde. Mein Blut lief ganz langsam hinein. Ich konnte förmlich spüren, wie mein Kopf ganz leer wurde und alles Blut da in diesen Beutel lief. Schweißperlen traten mir auf die Stirn. Ich hatte gar nicht gehört, was der Rote-Kreuz-Helfer noch gesagt hatte, aber offenbar war er fertig und zum nächsten Spender gegangen. Hektisch sah ich mich nach ihm um. „Alles in Ordnung?" fragte es da von rechts neben mir. Ich drehte meinen Kopf und erstarrte. Da lag, freundlich lächelnd und entspannt, auf der Liege neben meiner, der nette Dunkelhaarige, wegen dem ich mir im Sahneschnittchen so die Pfoten verbrannt hatte. Sprachlos starrte ich ihn an. „Kannst du kein Blut sehen?" fragte er. Ich schüttelte den Kopf. Mein Mund war wie zugeklebt. „Finde ich ja toll, dass du trotzdem Blut spendest! Aber du solltest dann vielleicht nicht so genau hinsehen!" Er grinste mich an. „Ich war nur neugierig. Ich bin zum ersten Mal hier!" brachte ich schließlich heraus. „Ach, ein Erstspender!" nickte er verstehend. „Ich kann das Wort langsam nicht mehr hören!" erklärte ich finster und merkte, wie mir mein Blut zurück in den Kopf schoss. Er lachte. „Wirklich; ich glaube, ich hätte es mir quer über die Stirn schreiben sollen!" Er lachte wieder. „Macht doch nichts! Es waren doch alle mal Erstspender, die hier sind!" So hatte ich das noch gar nicht betrachtet. Männliche Logik war doch manchmal bestechend einfach. Er erzählte mir von seinem „erstem Mal" und davon, dass sein Blutdruck zu niedrig gewesen war, und der Blödmann von Arzt in fünfmal um das Büffet hatte joggen lassen und ihm zwei Cola verabreicht hatte, ehe er endlich spenden durfte. „Beinahe wäre ich einfach wieder gegangen!" Ich nickte verständnisvoll und war froh über meinen zu hohen Blutdruck. Leider war er dann eher fertig als ich und sein Blutbeutel wurde abgeknipst. Schaudernd wandte ich mich ab. Als ich wieder hochsah, war er weg. Die Tusse in dem Sweatshirt bekam gerade eine goldene Nadel, eine riesige Urkunde und ein Badetuch überreicht, zur 25. Spende. Neidisch starrte ich ihr hinterher. „Na, wir sind ja schon soweit!" Der DRK-Mann war wieder an meiner Pritsche, murkste noch eine Weile herum – ich ersparte mir vorsichtshalber den Anblick – und befreite mich dann von der Nadel und dem schmalen Schlauch. Ich bekam einen imposanten Klebemullverband um den Arm. Beglückt schaute ich darauf und entschied mich, den Ärmel nicht darüber zu ziehen, auch wenn es etwas frisch war. Wenn ich nun ohnmächtig wurde, würde jeder sehen, dass ich ernsthaft krank war. Oder eben Blutspender. Viel besser als ein Zettel! Ich durfte noch eine Weile liegen bleiben, weil die Ruheliegen alle besetzt waren und es gerade keine rechtsarmigen Spender gab. Danach, so erklärte man mir, müsse ich mich am Büffet stärken und ordentlich zulangen, ehe ich gehen dürfe. Ich durfte mir eine Tafel Schokolade aussuchen, bekam eine CD mit Entspannungsmusik und machte mich auf ans Büffet. Es gab selbst gemachten Kartoffelsalat, belegte Schnittchen, Tomaten mit Mozzarella und Basilikum, heiße Würstchen, Schnitzelchen und kleine Frikadellen, Kuchen und verschiedene Sorten Joghurt. Das war jedenfalls der Teil, den ich probierte! Wohlwollend meinen übervollen Teller balancierend, sah ich mich nach einem Sitzplatz um. Der nette Dunkelhaarige hatte mir einen Platz frei gehalten!

Er hieß übrigens Holger. Den Namen hatte ich tatsächlich schon gehört, aber ich konnte mich gar nicht erinnern, mit

155

ihm schon einmal geredet zu haben! Das hätte ich doch bestimmt nicht vergessen! Na, egal. Ich hatte ihm von meiner Maus erzählt und war dabei so ehrlich gewesen, dass er mich nun anscheinend für eine begnadete Erzählerin und Alleinunterhalterin hielt. Der konnte ja nicht ahnen, dass ich nicht ein bisschen übertrieben hatte! Vor lauter Erzählen war ich kaum zum Essen gekommen, so dass mein Teller immer noch ganz voll war. Er hatte natürlich längst aufgegessen. Hungrig schielte ich auf meine Tomaten. „Und was machst du so?" fragte ich und ärgerte mich im gleichen Augenblick über mich selbst. Das war ja mal wieder eine ausgesprochen gewitzte Frage gewesen! „Im Moment eigentlich nicht viel. Ich bin mit dem Studium endlich fertig und warte darauf, dass ich Februar ins Referendariat kann!" Schafsäugig blickte ich zu ihm hoch und sah ihn fragend an. „An einer Schule. Gesamtschule oder Gymnasium, ich weiß noch nicht, wo ich hinkomme." Herrje. Schon wieder ein Studierter. Ein Lehrer, ausgerechnet! Aber immerhin besser als ein Jurist, tröstete ich mich. Ich schüttelte langsam den Kopf. „Also *mich* hätten freiwillig keine zehn Pferde wieder in die Schule bekommen!" schüttelte ich mich. Holger lachte. „Ich weiß auch noch nicht, wie es mir wohl gefallen wird." „Aber du hast doch Lehramt studiert! Da musst du doch wissen, ob dir das Spaß macht!?" wunderte ich mich. Holger seufzte und erzählte von seinem Studium: lauter langweilige Seminare über Dinge, die in der Schule ohnehin nicht gebraucht würden, keiner sagte einem, wie unterrichten überhaupt funktioniert und die durchgeistigten Professoren waren auch oft nicht sehr spritzig gewesen. „Die einzigen jungen Dozenten, die waren oft gar nicht lange da, weil ständig Stellen abgebaut werden!" Ich nickte verstehend. Ja, genau so hatte ich mir das ja auch immer vorgestellt. „Also für mich wäre das ja nichts, studieren!" überlegte ich. „Immer dieses trockene Zeugs und dann diese vielen langweiligen, vertrockneten Studenten!" Uääh! Hatte ich das gerade wirklich gesagt? Holger zog die rechte Augenbraue hoch. „Na, dann weiß ich ja wenigstens, was du von mir hältst!" lachte er. Mein Kopf brannte und ich überlegte fieberhaft nach einer intelligenteren Erklärung als „So habe ich das natürlich nicht gemeint!" Holger seinerseits zählte nun die Vorzüge des Studierens auf, die vielen netten Leute und die zum Teil doch auch sehr interessanten Seminare und überhaupt! So sei das ja nun auch wieder nicht. Vorsichtig erklärte ich, dass ich mich unter Studenten oft sehr fehl am Platz fühlte. „Ja", er klaute mir ein Stück Mozzarella vom Teller, „ich weiß, Studenten reden immer nur über ihr Fach!" Ich nickte dankbar. „Das geht mir auch oft auf die Nerven. Als ob man davon nicht den ganzen Tag genug bekommt! Ich bin ja mal sehr auf mein Referendariat gespannt! Lehrer sollen da ja noch schlimmer sein!" Nun lachte auch ich. Das konnte ich mir lebhaft vorstellen! Endlich hatte ich meinen Berg aufgegessen. „Bist du mit dem Auto da?" fragte Holger. Ich schüttelte den Kopf. „Dann fahr ich dich nach Hause!" freute er sich. Ich freute mich auch.

Weit war es ja nicht. Wir standen gerade an der Kreuzung kurz vor Iris' und meiner Wohnung und diskutierten darüber, ob ich nicht schon aussteigen solle oder ob er mich nicht doch lieber bis zur Tür bringen sollte, da fiel mir eine hübsch gekleidete Frau auf, die gerade ihre Grünphase verpasste, weil sie uns so anstarrte. Armanie! Mit einem Schlag wusste ich auch, wo ich Holger schon mal gesehen hatte! *Der* Holger war das. Er hatte sie auch gesehen und seufzte. „Tut mir leid, ich weiß dass ihr befreundet seid, aber sie geht mir furchtbar auf die Nerven!" sagte er entschuldigend und flötete dann affig im höchsten Sopran: „Oooh, Holger, hattest du nicht auch dieses oder jenes Examensthema? Ich würde mir gern deine Unterlagen leihen!" Ich musste lachen. Armanie warf uns einen finsteren Blick zu und strackste hocherhobenen Hauptes über die Straße. „Von wegen befreundet! Mit meinem Ex-Freund ist sie befreundet!" zwitscherte ich vergnügt. Aber das konnte ich ihm unmöglich an der Kreuzung erklären. Dazu brauchte ich einige Becher Kaffee oder eine Kanne Tee. Gut gelaunt nahm ich Holger mit nach oben, in der Hoffnung, dass Armanie hinter irgendeiner Ecke lauerte und uns beobachtete – was sie vermutlich sogar tat!

Holger

„Waaas? Der Typ, auf den Armanie so scharf war?" fragte Iris. „Er heißt Holger!" sagte ich stolz. Iris hatte mir bereits von ihrem Urlaub berichtet, mir auf dem Laptop zahllose Fotos gezeigt und ich hatte neidisch feststellen müssen, dass sie sogar richtig braun geworden war! Ich hatte zuerst von der Maus erzählt und gesagt, dass wir unbedingt noch herausfinden mussten, wie die hier herein gekommen war, dann hatte ich nicht länger an mich halten können und von der Blutspende erzählt. Und von dem netten Dunkelhaarigen. „Und das schönste ist: sie hat uns sogar zusammen gesehen!" jubelte ich. „Nein!!!" Entzückt sah ich Iris an. „Ist er denn wirklich so nett, oder freust du dich nur so, weil du Armanie eins auswischen kannst?" fragte mich Iris. Entrüstet sah ich sie an. Dann überlegte ich kurz und schüttelte im Brustton der Überzeugung den Kopf. Ich erzählte von unserem Gespräch und beschrieb ihn ihr so genau wie möglich, bis Iris sich grinsend in ihrem Sofa zurück lehnte, die Arme verschränkte und mich belustigt beobachtete. „Was?!" unterbrach ich mich ärgerlich. „Du bist verliebt!" grinste sie. „Ich?!" Genervt sah ich sie an. „Ich erzähle doch nur gerade..." „... was für ein toller, gut aussehender, intelligenter, witziger, sympathischer Supertyp das ist!" vollendete sie meinen Satz. Schmollend schob ich die Unterlippe vor. „Also vielleicht ein ganz kleines bisschen!" gab ich schließlich zu. Immer noch grinsend machte sich Iris daran, ihren Laptop herunterzufahren. Da stutzte sie plötzlich, lachte laut, und drehte den Bildschirm so, dass ich ihn sehen konnte. Ich sah – mich: mit Wicklern im Haar, verschmiertem Make-up und lauthals in eine Rundbürste singend. Begeistert rutschte ich näher. „Was ist das denn? Sind die nicht..." „...von dem Abend, als wir in

159

dem tollen Restaurant waren, wo du eigentlich mit diesem Langweiler von Anders hinwolltest!" Pah, wer war schon Anders! Entzückt klickte ich mich durch die Fotos. „Warum drucken wir die nicht aus?" überlegte ich. „Ich weiß was!" Ich hopste auf dem Sofa auf und ab. „Lass uns eine Collage machen! Für den Flur!" freute ich mich. „Au ja!" Iris war genauso begeistert wie ich. „Ich druck das morgen auf der Arbeit aus, in der Mittagspause! Da haben wir besseres Papier!" entschied sie schließlich. In der Zwischenzeit durchwühlten wir zahllose alte Zeitschriften und suchten nach passenden Überschriften, Zeichnungen, Weinflaschen, und ähnlichem, was noch mit auf die Collage sollte. Wir fanden außerdem noch einen Bilderrahmen auf dem Schrank, mit einem alten Poster drin und wanderten dann damit in den Flur, wo wir nach einem angemessenen Fleckchen Tapete suchten. Dann ging es nochmal ins Wohnzimmer und wir suchten nach weiteren Fotos. Wir fanden noch einige alte Bilder von uns in einem Schuhkarton und in einem Fotoalbum.

Nachdem Iris in die Küche gegangen war, um das alte Poster wegzuschmeißen, und den Küchenschrank unter der Spüle geöffnet hatte, entfuhr ihr ein Geräusch. „Äh! Gesa, komm mal!" Ich raste in die Küche. Sie deutete sprachlos auf das Unterschränkchen. Da drin befanden sich normalerweise nur Putzlappen, Ersatz-Spüli, neue Schwämme und einige neue Rollen Küchenpapier. Das Küchenpapier war zu Konfetti zerfressen und ins Innere der Rolle gestopft worden. Ein weiches, behagliches Nest war entstanden und auf dem Regalbrett fanden sich reichlich Krümel von Mäusekot. Der Schwamm war ebenfalls angefressen, aber offenbar nicht für tauglich befunden worden. Ein Staubtuch sah aus, als habe sich jemand behaglich hineingekuschelt. „Ich glaube, ich hab die Wohnung von deinem Mäuserich gefunden!" sagte Iris. Ich traute meinen Augen nicht. „Der hat es sich aber nett gemacht!" sagte sie trocken. Ich ließ die Ohren hängen. „Och, guck mal, da hat er sich ein Nestchen gebaut! Der Arme!" Betrübt stupste ich das Staubtuch an. „Na, nun heul mal nicht! Da konnte er ja wohl nicht wohnen bleiben. Wenn du eine neue Maus willst, kauf dir dafür einen Käfig! Ich spendiere ein wohnliches Staubtuch und eine hübsche Küchenrolle!" kicherte Iris. Ich seufzte und holte den Handfeger. Wir fegten das Mäusenest aus und warfen das Mäusemobiliar zur Entsorgung in eine Tüte. Hinten in der Wand, wo die Abflüsse verschwanden, entdeckten wir eine Lücke neben dem Rohr, durch das auch eine sehr pummelige Maus bequem durchpasste. „Wir müssen das Loch zumachen, bevor sich die nächste Maus ins gemachte Nest setzt!" sagte Iris, nun doch etwas beunruhigt. Ich hob mit spitzen Fingern das Staubtuch aus der Tüte und stopfte es in das Loch. Das musste bis morgen reichen!

Am nächsten Morgen rief mich Holger im Büro an. Die Nummer hatte er ganz allein herausgefunden! Leider hatte er nicht meinen, sondern Frau CDs Apparat dran. Die stellte zu mir herüber, machte aber natürlich lange Ohren, vor allem, als ich mich spontan für die Mittagspause in dem Bäckerbistro mit ihm verabredete. Natürlich musste ich ihr dann alles ganz genau erzählen. Sie lieh mir schnell noch ihren Lippenstift, damit ich meine edle Blässe verbergen konnte und dann eilte ich los. Vom Laufen bekam ich dann aber ganz von allein rote Bäckchen. Bestimmt sah ich jetzt aus wie das Kind aus der Rotkäppchensaft-Werbung, ärgerte ich mich. Holger war schon da und ebenso rotbackig wie ich. Verlegen strahlten wir uns an. Ich bestellte mir ein überbackenes Kartoffelrösti mit Spinat und Lachs. Zu spät fiel mir ein, dass ich bestimmt lauter Spinatblätter zwischen den Zähnen haben würde. Na, super! Holger nahm ein überbackenes Schnitzel mit Brokkoli und Paprika. Neben uns saß ein Mann mittleren Alters. Er hatte wohl schon gegessen, wollte zum Nachtisch aber noch einen Pfannkuchen haben. Als die Bedienung ihn brachte, schaute er enttäuscht auf seinen Teller. Der Pfannkuchen war zwar nicht klein, hatte aber einen sehr unregelmäßig gekräuselten Rand. „Der sieht ja aus wie ein zerrupftes Gänseblümchen!" empörte sich der Mann. Die Bedienung zog hoheitsvoll die Stirn kraus. „Das machen wir immer so, damit der Kunde sieht, dass der Pfannkuchen selbst gemacht ist!" behauptete sie überheblich und zog ab. Sprachlos schaute der Mann ihr nach. Er betrachtete etwas missmutig seinen hässlichen Pfannkuchen, beschloss dann aber offenbar, gute Miene zum bösen Spiel zu machen. Immerhin war sein Pfannkuchen selbst gemacht und das war auch schon etwas.

„Bin gespannt, woran man bei deinem Reibekuchen erkennt, dass er selbst gemacht ist!" raunte mir Holger zu. „An meinem Schnitzel gibt es ja nicht viel selbst zu machen." „Der Reibekuchen wird ja überbacken! Da sieht man nicht, ob er selbstgemacht ist!" vermutete ich. Unser Essen sah auch tatsächlich sehr normal aus. Ich probierte etwas Lachs und versuchte, den Spinat möglichst hinten zu kauen. Lecker! Vielleicht würde ich öfter mal hier hin gehen!

„Dein Ex-Freund, das ist doch dieser Typ, der immer mit Armanie zusammen ist, oder?" Ich nickte finster. „Was ist das für ein komisches Ding mit den beiden? Ein Pärchen sind sie doch nicht, hm? Erst dachte ich, das ist ihr großer Bruder!" „Na, das passt!" sagte ich trocken. „Ist sie immer noch so hinter dir her?" fragte ich dann neugierig. Holger nickte. „Erst fand ich sie ja ganz nett." „Nur nett? Ich dachte immer, jeder Mann würde Armanie gern mit nach Hause nehmen?!" fragte ich scheinheilig. „Ich hatte bei Armanie immer eher das Gefühl, *sie* ist diejenige, die die Männer mit nach Hause nimmt. Und sie dann vor dem Frühstück wieder rauswirft." Ich lachte. „Wundert mich

eigentlich, dass du in Armanies Beuteschema fällst!"
schmunzelte ich. „Ich dachte immer, sie sucht eher einen
Mann, mit dem sie angeben kann. Nichts gegen Lehrer...",
ich machte eine großzügige Handbewegung, „aber..." Holger
grinste. „Aus Prestige-Gründen will ich das bestimmt nicht
werden. Abgesehen davon glaube ich auch kaum, dass die
mich gleich heiraten will." „Wahrscheinlich meint sie nur,
dass du gut in ihre Sammlung passen würdest", nickte ich
zustimmend.

„Ich glaube übrigens, dass sie uns zusammen gesehen hat.
Jedenfalls hat sie die ganze Zeit genervt und versucht, mich
unauffällig nach dir auszufragen", erzählte Holger zufrieden.
Ich beugte mich vor. „Und?" fragte ich. „Und nichts!" Er
biss fröhlich in sein Schnitzel. „Ich kann sehr verschwiegen
sein! Hat sie furchtbar geärgert, glaube ich!" Das konnte ich
mir lebhaft vorstellen. „Und dann", Holger grinste, „hat sie
mich für Samstag auf irgendeine Party einladen wollen."
„Und?" japste ich. Holger besah sich seine Fingernägel. „Ich
hab gesagt, ich müsste dich erst fragen, ob wir nicht andere
Pläne haben..." Ich hätte ihn küssen können!

Blinkstern

„Und das hätte ich wahrscheinlich auch gemacht, wenn der blöde Tisch nicht zwischen uns gewesen wäre!" behauptete ich keck. „Naja, und wenn ich nicht gerade Spinat gegessen hätte!" „Was macht ihr denn nun am Samstag?" fragte Iris ungeduldig. „Wir gehen ins Kino und danach noch irgendwo hin!" erklärte ich. „Hmm. Klingt ja sehr originell. Ist ihm das eingefallen?" „Nein, das war meine Idee!" sagte ich schmollend und legte den Kopf schief. „Wir sehen einen Krimi!" „Im Kino?? Und ausgerechnet du?" „Naja!" Ich wurde langsam ärgerlich. „Ich konnte ihn schlecht in eine Beziehungskomödie schleppen, oder?" Iris lachte. „Ist das die Verfilmung von dieser skandinavischen Krimireihe? Wie heißt der Autor noch gleich?" „Jaja, weiß ich auch nicht!" Ich winkte ab. „Jedenfalls gehen wir danach noch was trinken, irgendwohin, wo man auch tanzen kann." „Das klingt doch ganz gut!" sagte Iris versöhnlich. „Hauptsache, der Krimi ist nicht so spannend, dass du dich vor Schreck nachher nicht mehr rühren kannst!" Ich warf ein Kissen nach ihr.

Der Film *war* spannend – und zwar von Anfang an! Ich hockte mit aufgerissenen Augen in meinem Kinosessel und klammerte mich an meine Armlehne. Das sah er ja nicht. Aber offenbar hörte er meine Pressatmung, jedenfalls fing er beruhigend an, mir über meinen Arm zu streichen. Dass das aber schon gleich so losgehen musste! Man sah den Mord aus den Augen des Mörders und das Ganze war natürlich für's Kino sehr in Szene gesetzt worden. Und ich hatte kein Kissen dabei, um mich dahinter zu verstecken! Und meine Handtasche war zu klein! Nur ein kleiner Clutch! War sehr günstig gewesen und sehr chic! Aber für's Kino ausgesprochen unpraktisch, wie ich nun feststellen musste. Die Kamera fuhr langsam auf das Opfer zu. Sie hatte uns, also den Mörder meine ich, noch gar nicht bemerkt. Aaah, diese Musik! Und jetzt!! Ich grapschte nach Holgers Hand. Tröstend legte er seinen Arm um mich und streichelte sanft meinen Nacken. Hmmm. Ich atmete tief ein. Der roch aber gut! Tief und langsam atmen soll ja gut für die Nerven sein und beruhigen und all das. Das funktioniert wirklich! Ich war schon viel ruhiger. Überhaupt ließ es sich gut aushalten, so angekuschelt. Zum ersten Mal verstand ich, wie sich Menschen „angenehm gruseln" konnten. Ich gruselte mich auch gerade ausgesprochen angenehm. Holger schien sich ebenfalls recht wohl zu fühlen.

Als der Film vorbei war, blieben wir noch eine Weile sitzen. „Du gehörst auch nicht gerade zu der tapferen Sorte, was?" fragte er lachend. Beschämt schüttelte ich den Kopf. „Nee, leider gar nicht." „Macht ja nichts. Ich beschütz' dich schon!" kicherte er. Ich schmiegte mich an und fühlte mich sehr sicher. „Macho!" sagte ich. Das Licht ging wieder an. Seufzend standen wir auf. Er hatte immer noch seinen Arm um mich gelegt und wir gingen langsam zu Auto. Mit großem Bedauern ließ ich ihn wieder los. Es war irgendwie ein seltsam verlegenes Gefühl, als wir in die Rutsche fuhren (so heißt der Laden, in den wir noch wollten.) Zum Glück war es nicht weit. „Sollen wir erstmal ein bisschen tanzen?" Ich nickte und fühlte mich gleichzeitig wohl, unsicher und angespannt. Wohl, weil es bisher so schön gewesen war, unsicher, weil irgendwie die ganze Situation neu und ungewohnt war und wir jetzt beide nicht so recht wussten, was eigentlich war – und angespannt, weil ich mich ihm am liebsten sofort wieder an den Hals geworfen hätte. Da war es immerhin sehr gemütlich gewesen. Und ich hatte auch nicht das Gefühl gehabt, dass er was dagegen gehabt hatte, im Gegenteil! Wir tanzten unsere Anspannung weg. Liebe Güte, *der* konnte gut tanzen! Es machte richtig Spaß, ihm zuzusehen. Gerade, als ich überlegte, ob wir vielleicht lieber etwas trinken sollten, wurde die Musik langsamer. Während ich noch schwankte, ob ich wohl die Initiative ergreifen sollte, oder ob er mich dann wohl für eine furchteinflößende Amazone halten würde, zog er mich vorsichtig an sich. Ich seufzte wohlig und kuschelte mich wieder an. „Es macht Spaß, dir beim Tanzen zuzusehen!" flüsterte er leise in mein Ohr. „Das habe ich von dir auch gerade gedacht!" flüsterte ich zurück. Er presste seine Hand fester auf meinen Rücken. Ich betrachtete lüstern sein Ohrläppchen, nahm mich aber zusammen. Was sollte er sonst von mir denken! Er vergrub seine Nase in meinen Haaren. „Du riechst gut!" murmelte er. „Du sagst immer, was ich gerade denke! Eigentlich habe ich das ja im Kino schon festgestellt! Dass du gut riechst, mein` ich!" Ich atmete wieder tief ein. Holger wanderte mit Nase und Mund ganz langsam meinen Hals entlang. Ich bekam eine Gänsehaut und atmete heftiger. „Du bist so richtig emotional! Man merkt immer, was du gerade fühlst! Das ist echt schön!" stellte er fest. Ich lächelte etwas verlegen und drehte den Kopf ein wenig. Er küsste vorsichtig meinen Hals. Ich blieb stehen. Es war so schön, dass ich dabei unmöglich noch weitertanzen konnte. Als wir uns endlich richtig küssten, dachte ich noch, wie gut es doch gewesen war, dass wir erst ins Kino gegangen waren. Dann schaltete mein Kopf endlich ab.

Als wir zum Auto gingen, war es schon spät. Es war eine sternklare, kalte Nacht und am Himmel leuchtete ein Stern besonders hell. Selig betrachtete ich ihn. „Guck mal!" sagte ich. „Der Abendstern! Wie hell der leuchtet!" Holger unterdrückte ein Lachen. „Ja, und mal leuchtet er heller und mal leuchtet er dunkler!" sagte er amüsiert. Stirnrunzelnd betrachtete ich dieses seltsame Phänomen. „Den kann man dimmen!" sagte er mit gespielter Begeisterung. Oh. War wohl doch nicht der Abendstern. Mein Stern blinkte und bewegte sich langsam über das Firmament. „Ein blinkender Dimmstern!" kicherte Holger und legte den Arm um mich. Lachend und gleichzeitig etwas ärgerlich, hielt ich ihm den Mund zu. „Du bist unmöglich! So was von unromantisch!" schimpfte ich. Er zog langsam meine Hand weg und schmunzelte: „Unromantisch und leider völlig phantasielos!" Wir standen ganz nah. Er hielt weiter meine Hand fest. Ich sah in seine immer noch lachenden Augen und fühlte mich geborgen und glücklich.